Arena-Taschenbuch
Band 2650

131

Paul Dorsch
Kramerstraße 2
83236 Übersee
Tel. 0 86 42 / 14 97

Kristina Dunker,
geboren 1973 in Dortmund, studierte Kunstgeschichte und
Archäologie in Bochum und Pisa. Ihr erstes Jugendbuch schrieb sie
bereits im Alter von 17 Jahren.

Von Kristina Dunker als Arena-Taschenbuch erschienen:
Der Himmel ist achteckig (Band 2589)
Helden der City (Band 2589)
Jil & Jana. Ein starkes Team: Allein gegen den Rest der Welt (Band 2201)
Jil & Jana. Ein starkes Team: Der Klassenfahrtkrimi (Band 2202)
Jil & Jana. Ein starkes Team: Phantom hinter der Bühne (Band 2203)

Kristina Dunker

Mike mag Meike

Arena

Für Bobi.

1. Auflage als Originalausgabe im Arena-Taschenbuch 2003
© 2003 by Arena Verlag GmbH, Würzburg
Alle Rechte vorbehalten
Umschlaggestaltung: Frauke Schneider
unter Verwendung eines Fotos von gettyimages
Gesamtherstellung: Westermann Druck Zwickau GmbH
ISSN 0518-4002
ISBN 3-401-02650-X

1. Juni

Drei Gründe, warum mein Leben verkorkst ist:
Erstens: Meine Katze heißt Doktor Fritz und ist ein trächtiges Weibchen.
Zweitens: Der Zwillingsbruder, den ich mir als Kind immer sehnlichst gewünscht und nun überraschenderweise doch noch bekommen habe, heißt Mike – ich heiße Meike. Er ist bereits einen Meter siebenundachtzig groß, trägt stets einen schwarz-gelben Fußballschal, und als ich ihn letzten Samstag zum ersten Mal sah, hat er nicht etwa vor Freude gejauchzt, sondern sich wie ein Idiot benommen.
Drittens: Meine Oma, die ich gestern Nachmittag verzweifelt um Asyl gebeten habe, da mein Vater mit mir nächste Woche zu ebenjenem »Bruder« Mike und dessen Mutter Cordula in die Weltstadt Wanne-Eikel ziehen will, hat mir die Aufnahme in ihre Wohnung verweigert. Nicht etwa weil sie es sich gesundheitlich nicht zutrauen würde, ihre halbwüchsige Enkelin zu erziehen, sondern weil sie beim Surfen im Internet einen netten, älteren Herrn kennen gelernt hat. Nun

möchte sie ihre Zeit lieber mit ihm verbringen als diese, wie schon ihr ganzes Leben, für die Familie zu opfern.
Da soll man nicht verzweifeln!
»Meike! Jetzt mach nicht so 'n Gesicht! Hilf mir mal lieber das Geschirr richtig einzupacken!«
»Ich will aber nicht umziehen!«
Mein Vater stöhnt, richtet sich langsam auf und fährt mit seinen Fingern durch die wenigen Haare, die ihm noch geblieben sind und nun verschwitzt an seinem Kopf kleben. »Ach, komm! Wir haben jetzt schon so oft darüber gesprochen: Ich habe die Frau meines Lebens gefunden, ich habe dieses verlockende Angebot von Wilkers, ich bin mir sicher, dass ich dort einen guten neuen Start haben werde.«
»Ja, du! Und was wird aus mir?«
»Na, du kommst mit!« Mein Vater packt einen neuen Stapel Tassen und wickelt sie so heftig in das Zeitungspapier, dass die Henkel schon ängstlich von selber abspringen. »Da mach ich mir keine Sorgen. Du wirst dich schnell zurechtfinden. Mike hilft dir bestimmt dabei.«
»Darauf kann ich verzichten!«, sage ich. So, wie Cordulas Sohn auf mich wirkte, ist er bestimmt keine große Hilfe und hat hundertprozentig andere

Interessen, als sich um seine neue Schwester zu kümmern.

Das war ziemlich offensichtlich bei der Grillparty, die mein Vater und Cordula am letzten Samstag gegeben haben. Da sollte ich ihn auch endlich kennen lernen, denn, obwohl Cordula uns schon oft hier in Hannover besucht hat und ich sie mittlerweile ganz gut kenne, hatte ich ihren Sohn Mike bisher nicht zu Gesicht bekommen. Ich dachte, er würde sich vielleicht freuen eine Schwester zu bekommen oder würde zumindest neugierig auf mich sein. Aber nichts dergleichen. Er hatte drei andere Jungs mitgebracht und sie alle vier beachteten mich den ganzen Abend über so gut wie gar nicht. Zuerst redeten sie nur über Fußball, was nicht gerade die von mir favorisierte Sportart ist. Dann stürzten sie sich auf die Erdbeerbowle, die sie literweise in sich hineinschütteten. Ohne zu bedenken, dass andere Gäste diese vielleicht auch probieren wollten. Gegen Mitternacht waren sie schließlich total beschickert, was jedes normale Umgehen mit ihnen erst recht unmöglich machte. Nun kamen sie auf die Idee, auf dem von den Erwachsenen nicht mehr gebrauchten Grill »Ekelburger« zu braten. Einer erfand zum Beispiel die reizvolle Kombination: »Fladenbrot, Gurken, Negerkuss«, die auch alle tapfer probierten.

Mike selbst dachte sich den Mike-Donalds-Burger aus, bestehend aus Lachsscheibe, Mozarella, Senf, Erdbeeren, der genau dreieinhalb Minuten geröstet und mit warmer Cola zu sich genommen werden muss. Über diesen Blödsinn lachten sie sich fast kaputt. Meine Güte, wie können Jungen nur so albern sein! Immerhin ist Mike doch auch schon vierzehn. Er sieht auf den ersten Blick sogar richtig nett aus. Aber lernt man ihn näher kennen, merkt man gleich: Kindisch und blöd ist er!

»Was hast du gegen Mike? Der Junge ist ganz aufgeweckt! Sei doch froh, dass du einen gleichaltrigen Gesprächspartner bekommst, dann sitzt du nachmittags nicht mehr allein zu Hause«, ermuntert mich mein Vater und gibt sich wie immer tolerant und offen. Dabei versucht er den übervollen Pappkarton mit der Aufschrift »Küche« zu verschließen und stützt sich mit dem Knie so auf die Deckel, dass der Inhalt schon gefährliche Geräusche zu machen beginnt.

»Geschafft! Stellst du den mal ins Treppenhaus?«
Ich ziehe eine Flappe, doch dann nehme ich ihm die Kiste ab und trage sie vorsichtig in den Flur. Dort stapelt sich schon Papas ganzer Besitz: sein Zeichentisch, kistenweise Architekturbücher, die alte Schiffslampe, das Surfbrett, seine Flossen samt

Tauchausrüstung und die aufblasbare Kokospalme, die ich ihm zum vierzigsten Geburtstag geschenkt habe.

Ich habe noch nicht gepackt. Aus Trotz und insgeheim auch in der Hoffnung, er werde es sich vielleicht doch noch anders überlegen. Mein Vater ist nämlich für seine Kurzentschlossenheit und sein mangelndes Durchhaltevermögen bekannt. Von Oma wurde er schon spaßeshalber Hermann der Herzensbrecher genannt. Bisher hat er nämlich jedes Mal, kurz bevor eine Beziehung ernst wurde, einen Rückzieher gemacht. Bei Angelika stand sogar schon der Termin beim Standesamt fest, als er aus scheinbar heiterem Himmel auf einmal Schluss gemacht hat. Darüber war ich übrigens sehr erleichtert, hatte Angelika doch eine Allergie gegen Katzenhaare. Und was wäre dann aus der guten Doktor Fritz geworden, die wir damals noch für einen Kater hielten und die nun ausgestreckt auf dem Karton »Schlafzimmer« liegt und sich ihren prallen Bauch leckt. Ich wuchte den Küchenkarton daneben und beginne die zukünftige Mama unterm Kinn zu kraulen. Sie wird wohl den besten Schnitt beim Umzug machen. Statt einer kleinen Wohnung im ersten Stock mit kompliziertem Klettersteig vom Balkon über die efeubewachsene Regenrinne in den

Hof bekommt sie jetzt für sich und ihren Nachwuchs ein ganzes Haus mit Garten und Feld dahinter. Außerdem ist sie Oma los, die im Hof immer die Vögel füttert und sehr zornig werden kann, wenn mal wieder einer ihrer gefiederten Schützlinge von der Katze erlegt wird. Doktor Fritz wird sich freuen, wenn sie niemand mehr aufscheucht, mir aber wird viel fehlen: nicht nur meine Freunde in der Schule und im Schwimmverein, sondern unser Zuhause überhaupt: Oma mit ihrem Faible fürs Internet, die Nähe zum Wohnort meiner Mutter, die ich mit der S-Bahn jederzeit besuchen konnte, und unsere junge Nachbarin mit ihrem Secondhandladen im Erdgeschoss, die immer so gute Laune hat und die ausgefallensten und schrillsten Klamotten trägt.
»Verflixt noch mal!«, höre ich meinen Vater plötzlich wütend ausrufen und gleichzeitig klirrt eine Menge Porzellan auf den Boden. Bringen Scherben nicht Glück? Vielleicht ziehen wir doch nicht um . . .

9. Juni

Vier Gründe, warum ich Autobahnrastplätze nicht ausstehen kann:
Erstens: Die Toiletten sind ekelig. Das Klopapier liegt abgewickelt und aufgeweicht auf dem Boden.
Zweitens: Der Klomann ist ein armes Schwein, aber ich habe nun mal kein Kleingeld.
Drittens: Der Kerl hat mein Mitleid sowieso nicht verdient, denn als ich mich vor den Spiegeln noch einmal hin- und herdrehe, pfeift er durch die Zähne und glotzt mich so gierig an, dass ich rot anlaufe. Und viertens: Als Papa und ich zu unserem voll beladenen Auto zurückkommen, haben Unbekannte uns um ein wenig Last erleichtert. Genauer gesagt, fehlt der Anhänger mit dem Computer, der Stereoanlage und den Kisten, die da hießen »Büro« und »Meike«.
Da heule ich, doch Papa sagt nur: »Halt die Klappe!«
Er hat keine Ahnung, er hat ja nur seine Arbeitsmaterialien verloren, bei mir geht's aber auch um ideelle Werte, um die Schätze meiner Kindheit, die Zeugen meiner ersten vierzehn Lebensjahre! Das zu verstehen ist aber momentan zu hoch für meinen

Erzeuger. Er hämmert auf mein Handy ein, rennt wie ein aufgescheuchtes Huhn um unser Auto, quatscht Leute an, die ausnahmslos alle sowieso nichts gesehen haben. Die einzige Zeugin, unsere Frau Doktor Fritz, hat zwar von ihrem Platz auf dem Rücksitz alles aufmerksam mitverfolgt, ist aber zu einer Täterbeschreibung nicht in der Lage.

Stunden später und um Erfahrungen mit Diebstahlsanzeigen reicher, aber um etliche Nerven und Wertgegenstände ärmer, erreichen wir schließlich die Straße, in der wir von nun an wohnen werden. Es ist bereits Abend und wir werden schon lange erwartet. Mike und seine Freunde hocken auf dem für sie viel zu kleinen Klettergerüst eines Spielplatzes und blicken uns entgegen. Während sie sich nur sehr langsam und lässig in Bewegung setzen, kommt Cordula mit ausgebreiteten Armen auf uns zugerannt. Wir werden von ihr umarmt und abgeküsst, bemitleidet und bemuttert, nach Durst und Hunger und allem Möglichen befragt. Mike nickt uns nur einmal kurz zu.

»Tach!«, sagt er.

»Hi!«, antworte ich genauso knapp, schenke ihm aber zusätzlich ein Lächeln. »Tragen helfen brauchst du mir nicht mehr, so gut wie alle meine Sachen waren auf dem Hänger und sind geklaut worden.«

Mike zuckt die Achseln, tritt von einem Bein aufs andere und tauscht einen scheelen Blick mit den Jungs. »Kannst 'ne alte Decke von mir haben.«
Seine Freunde lachen, und während sich ein Grinsen auf seinem sommersprossigen Gesicht ausbreitet, komme ich mir ziemlich bescheuert vor.
Ich schnappe mir den Transportkorb von Doktor Fritz und den kleinen Schulrucksack, den ich glücklicherweise mit Handgepäck gefüllt hatte – also: Lieblings-CD, Tagebuch, Katzenfutterdose, Schminktasche, Handy –, und mache mich mit meiner wenigen mir gebliebenen Habe auf in meine neue Bleibe.
Es ist vorgesehen, dass ich zu Mike ins ausgebaute Dachgeschoss ziehen werde. Dort befinden sich zwei gleich große Zimmer mit je einem Dachlukenfenster und Holzlatten unter Decke und Schrägen, außerdem ein schmaler Flur in der Mitte und ein winziges Bad mit Dusche, das wir uns teilen sollen. Bisher hatte das ganze Dach Mike gehört. Man ahnt es an den Fußballbildern im Treppenaufgang, sieht es am funktionslosen Baskettballkorb im Flur und merkt es allerspätestens an der Ausstattung des Badezimmers. Damit ich mich hier wohl fühlen kann, muss ich wohl erst mal aufräumen und ein paar Dinge von mir hier hinstellen – die ich leider ja nicht mehr besitze!

Die Tür zu meinem kleinen Refugium steht offen, es ist komplett leer und riecht drinnen nach frischer Farbe. Wenigstens haben sie die nichtverlatteten Wände so gestrichen, wie ich es wollte: gelb, rosa und hellblau. Das lässt mich aufatmen.
Die Tür zu Mikes Raum ist geschlossen und ein an irgendeinem Stromhäuschen abmontiertes Blechschild mit der Aufschrift »Betreten verboten! Hochspannung! Lebensgefahr!« zeigt mir, dass das gefälligst auch so bleiben soll. Bitte, wenn er meint. Ich kann mich gut dran erinnern, dass das Ding vor einer Woche, als Cordula mir das Haus gezeigt hat, noch nicht da hing. Dafür steht Herr Hochspannung jetzt ganz leibhaftig in meinem Zimmer, sein Gefolge drängelt sich hinter ihm.
»Was ist das denn?«, fragt er und zeigt auf Doktor Fritz, die zu allem Übel auch noch zu maulen anfängt.
»Siehst du doch: eine Katze.«
»Wieso hat mir das keiner gesagt! Die kann hier nicht bleiben! Hier oben wohnt Jackpot!«
»Jackpot? Du träumst wohl vom großen Geld?«, lache ich und beuge mich beruhigend zu Fritz hinunter.
»Er träumt höchstens von 'ner großen Liebe!«, ruft einer der Freunde, was natürlich sogleich eine neue Keilerei auslöst und meine werdende Mutter noch mehr erschreckt.

»Hört auf! Ihr macht sie doch total kirre!«
»Was meinst du, was die mit meinem
Meerschweinchen macht?«
»Du hast ein Meerschweinchen?« Ich schüttele den
Kopf. »Hätt ich nicht gedacht.«
»Geschenkt bekommen«, sagt Mike schnell.
»Ich mein, weil in deinem Zimmer doch
Hochspannung herrscht.«
Mein neuer Bruder legt die Stirn in Falten und weiß
nicht, was er sagen soll.
»Kannst du mir zwei Unterteller bringen?«, nutze ich
sein Schweigen. »Doktor Fritz hat Hunger.«
»Doktor Fritz?«, wiederholt er. »Was ist er denn für 'n
Doktor?«
»Sie. Doktor Fritz ist eine Sie. Und sie ist Pathologin.
Spezialgebiet: ungeklärte Todesfälle bei
Meerschweinchen.«
Mikes Freunde verkneifen sich ihr Lachen, so gut es
geht. Mike selbst scheint der Sinn für Humor
allerdings gänzlich abzugehen. Er zieht ein Gesicht,
als wolle er sich am liebsten auf mich stürzen. Dann
dreht er sich um und poltert mit seiner Bande die
schmale Treppe hinunter.
Ich bleibe neben der maunzenden Fritz sitzen. Fühl
mich nicht gut. Vielleicht hätte ich ihn nicht so
aufziehen sollen, aber warum hat uns auch keiner

gesagt, dass wir beide Haustiere haben. Warum pfercht man uns so eng zusammen? Warum zwingt man Menschen, die sich in freier Wildbahn auf der Straße doch aus dem Weg gehen würden, dazu, sich plötzlich wie ein Ehepaar eine Wohnung zu teilen. Wir passen doch gar nicht zusammen. Mike ist noch total kindlich. Der weiß ja nicht mal, wie man das Wort Mädchen buchstabiert.

Ich richte mich auf, als einer seiner Freunde kommt und mir stumm zwei Teller hinhält. »Danke«, sage ich, und als er gleich wieder abzischen will, füge ich hinzu: »Ist Mike jetzt sauer?«

»Weiß nich.«

»Wie heißt du?«

»Tim.«

»Bist auch nicht sehr gesprächig.«

Tim zuckt die Achseln.

»Sag Mike, die Fritz wird seinem Meerschweinchen nichts tun. Wenn er es im Stall lässt, kommt sie doch gar nicht ran.«

»Is klar. Ich muss jetzt unten helfen.«

Tim verschwindet und ich schließe traurig die Tür hinter ihm. Dann lasse ich meine Katze aus dem Transportkorb, stelle ihr das Katzenklo hin, füttere sie und gebe ihr Gelegenheit, wenigstens schon mal mein bescheidenes Zimmer zu erkunden. Mehr kann ich nicht tun. Ich werde wohl auch runtergehen und helfen müssen.

»Jetzt essen wir erst mal«, sagt Cordula, als ich gerade die Stufen heruntersteige. »Meike, lass dich drücken, schön, dass du da bist! Wir freuen uns so!«

»Echt?«, frage ich und erröte ein bisschen, als ich merke, wie ehrlich sie es meint und wie glücklich mein Vater aussieht, obwohl er wahrlich keinen leichten Tag hatte. Vielleicht sollte ich versuchen die ganze Sache mit einer positiveren Einstellung anzugehen. Mein Blick wandert zu Tim und den Jungs, die verschämt grinsen, dann zu Mike, dessen Gesicht verschlossen ist. Trotzdem: Kein Grund, aufzugeben! Man wächst schließlich an seinen Aufgaben.

9. Juni, abends

Fünf Gründe, warum Spaghetti-Essen für eine vielköpfige Familie nicht ungefährlich ist:
Erstens: Wenn man wie Mike die Nudeln nicht elegant mit der Gabel bändigt, entwickeln sie schnell ein Eigenleben. Sie können zum Beispiel aus dem Mund rausflutschen, sich wie rote, glitschige Würmer um das Kinn ringeln und dem weißen T-Shirt des frisch gebackenen Stiefvaters gleich am ersten Abend ein neues Design geben.
Zweitens: Wenn die frisch gebackene Stiefschwester, also meine Wenigkeit, ihre große Klappe nicht im Zaum hält, kommen Sätze zu Stande wie »Jetzt sieht Papas T-Shirt aus, als hättest du ihm deine ganzen Sommersprossen rübergeschossen!«.
Drittens: Wenn ein derartiger Kommentar das Gelächter von Tim, Marvin und Holgi zur Folge hat, ist Mike davon noch weniger begeistert.
Viertens: Ein Schubser kommt selten allein und so haben wir nach kurzem, aber heftigem Gerangel zwei zerdepperte Gläser, einen Ellenbogen in der

Salatschüssel und die Wanne-Eickelsche Cola-
Seenplatte mitten auf Cordulas Tischtuch.
Fünftens: Endpunkt jeder Kettenreaktion sind immer
die Eltern. Hermann hält's da mit den Kinderbuch-
Klassikern: »Und der Vater guckte stumm auf dem
ganzen Tisch herum.« Zu diesem hilflosen
Zappelphilipp-Vaterblick bringt mein Papa aber noch
den Ausspruch »Ach, wie schön, dass wir eine
Familie gegründet haben!«.
Allerdings ist das nicht gerade die Reaktion, die
Cordula in dieser Situation von ihm erwartet hat. Sie
beschwört über unseren Köpfen ein Sturmtief, das
sich gewaschen hat. Während ihre Wut auf uns
herniederhagelt, wünsche ich mir von ganzem
Herzen, mein Papa wäre Hermann der
Herzensbrecher geblieben. Doch die
Schlechtwetterwolken verziehen sich
glücklicherweise so rasch, wie sie herangezogen
sind, als Mikes Chaoten-Freunde gegangen sind.
»So!«, sagt Papa und nickt mir erschöpft zu.
Jetzt kann die kleine, neue Familie eigentlich mal zu
sich finden. Doch wo? Obwohl Papa und ich ja kaum
noch etwas besitzen, stehen trotzdem überall Kisten
und Möbel im Weg herum. Dazu kommen die Steine,
Rigipsplatten, Türelemente, Klinken, Fensterrahmen,
Zementsäcke, Eimer, Maurerkellen, Bohrmaschinen,

Kabeltrommeln, die Papa und Cordula bereits in den letzten Wochen aus diversen Baumärkten herangekarrt haben und aus denen bald in heroischer Heimarbeit ein Anbau und ein Wintergarten gezimmert werden sollen.
Papa lässt sich auf die Couch fallen und bedeutet mir sich neben ihn zu setzen.
»Na, Meike-Maus, was sagst du?«
»Hmmm«, mache ich, während Cordula sich diplomatisch in die Küche verzieht.
»Ist doch schön hier, oder? Und mit Mike, Tim und wie-hießen-die-anderen-noch bist du doch in guter Gesellschaft.«
»Ja, ja.« Ich nicke und fange dabei einen spöttischen Blick von Mike auf, der gerade ins Zimmer platzt.
»Nicht wahr, du freust dich auch, dass du nicht mehr allein bist.« Cordula kommt eilfertig mit einem Tablett voll Getränken ins Zimmer gerauscht. Ich bin begeistert: Machen wir jetzt einen auf Happyfamily? Sie flötet: »Jetzt hast du zwar weniger Platz, aber dafür hast du nun jemanden, mit dem du CDs tauschen kannst und . . .«
»Sie hat ja keine mehr«, unterbricht sie Mike und ich bin mir nicht sicher, ob ich das nun als Angriff auf mich verstehen soll oder nicht.
»Wir kaufen ihr gleich morgen zur Entschädigung

zehn neue!«, ruft Papa, legt mir schwungvoll den Arm um die Schulter und drückt mir übermütig einen Kuss auf die Wange.

»Morgen ist Sonntag!«, sage ich nur.

»Stimmt! Sonntag! Da können wir erst mal richtig ausschlafen!« Papa streckt die Beine aus, streift die Schuhe ab und legt die Füße auf den Couchtisch. Alle schweigen, klar, denn der dampfende Mief, der von den Socken meines Vaters aufsteigt, verschlägt allen die Sprache.

»Eine Dusche wäre jetzt nicht schlecht«, grinst Cordula etwas gezwungen und nimmt den Duschvorwand schließlich zum Anlass, die traute Runde aufzulösen. »Meike und Mike, ihr könnt ja noch ein bisschen Mensch-ärger-dich-nicht spielen. So könnt ihr euch auch ein bisschen beschnuppern.«

»Machen wir, Mama«, flötet Mike. »Geht ihr ruhig schon mal rauf.« Natürlich sagt er das nur, um sie loszuwerden, denn sobald die Erwachsenen gegangen sind, will er sich mit einem knappen »Schönen Abend noch« in sein Zimmer verziehen.

»Hey!«, rufe ich, weil ich jetzt wirklich keine Lust habe, allein zu sein. »Wollen wir nicht doch noch was machen?«

»Mensch-ärger-dich-nicht?«, fragt Mike angewidert und zieht die Augenbrauen hoch.

»Wir könnten noch mal rausgehen. Zeig mir die Gegend!«, schlage ich vor.

»Nö, keine Lust.« Er öffnet die Tür.

»Bist du so abweisend, weil ich eine Katze mitgebracht habe? Die wird deinen Jackpot schon nicht auffressen.«

»Ach, Quatsch! Nee. Darum geht's nicht.« Mike windet sich ungehalten hin und her. »Ich will einfach meine Ruhe, das ist alles.«

»Toll«, mache ich. Plötzlich bin ich enttäuscht, obwohl ich doch sowieso keine hohen und freudigen Erwartungen an diesen Abend hatte.

Mike zuckt die Achseln, tut unbeteiligt, wirkt aber selbst auch nicht gerade glücklich.

»Schlaf gut«, sagt er noch, schließt die Tür hinter sich, nur um sie zwei Sekunden später wieder zu öffnen. »Übrigens . . .« Sein Gesicht wird leicht rot. »Ich . . . äh . . . gehe jetzt ins Badezimmer. Da gibt's keinen Schlüssel, ich mein . . . na ja, du klopfst ja wohl und . . .«

»Keine Sorge, ich komm nicht rein.«

Er nickt, schließt schnell von neuem die Tür.

»Ich guck dir auch so nichts weg!«, rufe ich ihm hinterher, keine Ahnung, warum ich das tue. Ich finde seinen Wunsch an sich ganz normal, teile ihn selbstverständlich auch, aber momentan geht mir einfach alles auf den Keks. Ich fühl mich verlassen und verloren und so besch... bescheiden, dass ich in meiner Not keinen anderen Ausweg weiß, als Oma anzurufen und sie zu fragen, ob es wenigstens ihr gut geht und ob sie es sich nicht vielleicht doch noch einmal überlegen kann, ob sie mich bei sich aufnimmt.

9. Juni, nachts

Sechs Dinge, auf die ich nie werde verzichten können:
Erstens: meine Schatzkiste mit den gesammelten Andenken aus meiner Kindheit.
Zweitens: das Foto meiner Urlaubsliebe Giancarlo, des ersten und einzigen Jungen, der mich jemals geküsst hat.
Drittens: mein Schmusekissen mit dem weichen grünen Frotteebezug, das ich geliebt habe wie andere Kinder ihren Teddybären.
Viertens: meine drei Pokale, die ich im Rückenschwimmen geholt habe.
Fünftens: die gelbe Quietscheente, die meine Lieblingstrainerin mir zum Abschied geschenkt hat.
Sechstens: meinen violetten, übergroßen Wecker, den ich besitze seit dem Tag, an dem ich die Uhr zu lesen lernte, und der mich jeden Morgen pünktlich und sicher aus dem Schlaf holte.
Das einzige persönliche Ding, das mir von zu Hause geblieben ist, ist eine hässliche rosafarbene Häkelmütze unserer Nachbarin. Sie kam aus ihrem

Laden, als wir schon abfahrbereit im Auto saßen, und hat mir die Mütze mit feuchten Augen durch das offene Seitenfenster gereicht. Als Zeichen meiner Trauer und meines unermesslichen Weltschmerzes werde ich sie von nun an jeden Tag tragen, so lange, bis ich wieder einen Pokal gewinne, mir jemand ein Schmusekissen schenkt, und vor allem, bis mich wieder ein Junge küsst.

Unruhig wälze ich mich in meinem Bett hin und her. Kein Wunder, dass ich nicht einschlafen kann: Es ist nicht mein Bett. Es ist ein Klappbett für Gäste mit durchgelegener Matratze und einer Decke, die nicht nach mir riecht, sondern nach Mottenpulver. Ich stelle mir vor, dass meine schöne Daunendecke, mein noch von Opa selbst gebautes Gestell und mein Schmusekissen jetzt im Straßengraben an der A2 liegen – die Diebe hatten es doch bestimmt nur auf die Computer, den Fernseher und die Stereoanlage abgesehen. Ich sehe es richtig vor mir, wie die Laster daran vorbeidonnern, der Regen drauffällt und die Elstern reinpicken. Schnell öffne ich meine Augen wieder. Wenn ich noch mehr solche Gedanken habe, werde ich noch Alpträume bekommen. Also, erst mal wach bleiben. Die weißen Wände leuchten im Mondlicht, Doktor Fritz sitzt mit gespitzten Ohren auf der Fensterbank und vom Garten dringen durch das halb geöffnete Fenster Naturgeräusche hinein. Vor ein paar Minuten ist Mike zur Toilette gegangen. Ich konnte das Licht im Flur sehen, dann seine nackten Füße über den Boden tapsen und zum Schluss die Spülung rauschen hören. Es ist komisch, so nah mit einem fremden Jungen zusammenzuwohnen, ein bisschen wie Jugendherberge, nur nicht so lustig. Ich seufze und stehe auf, entschlossen das Schlafen noch etwas zu verschieben. Doktor Fritz gibt einen freudigen Begrüßungslaut von sich, springt vom Fensterbrett und schnurrt mir um die Beine. Dann lockt sie mich zur Tür. »Morgen zeig ich dir das Haus, versprochen«, flüstere ich und streichele sie vorsichtig über ihren schwangeren Bauch. Es wird bestimmt nicht mehr lange dauern, bis die Kätzchen kommen. Papa weiß das natürlich, nur Cordula noch nicht. Und Mike sowieso nicht. Mike! Ich schleiche an meine Tür und lausche. Ob er schon wieder eingeschlafen ist? Jedenfalls schnarcht er nicht so laut wie Papa. Vielleicht kommt das bei Männern ja auch erst im reiferen Alter, dass sie schnarchen. So gesehen, sind männliche Wesen ihr ganzes Leben lang lästig: Als junge schlafen sie zwar ruhig, sind aber tagsüber albern, dumm und nervig. Werden sie älter, kann man sich zwar mit ihnen unterhalten, dafür aber die Nächte nicht mehr zusammen in einem Haus verbringen, weil sie solchen Krach machen.

Ich husche aus der Tür, schubse meine neugierige Katze mit dem Fuß in den Raum zurück und gehe selbst ins Badezimmer. Dort stelle ich mich vor den Spiegel, hole meine Schminksachen heraus, die ja glücklicherweise in meinem Rucksack waren, und beginne mich zu verschönern. Ich schminke mich, parfümiere mich ein, stecke meine Haare hoch, binde sie zu Zöpfen, drehe sie auf, forme sie mit Haargel und probiere dabei jeweils wichtige Gesichter aus: Schmollmund, Divalächeln, BadGirl-Look. Während der ganzen Show stelle ich mir vor, ich sei ein weltberühmtes Top-Model aus Paris beim Shooting in New York. Das Ganze nenne ich übrigens die Meike-mag-Meike-Zeremonie. Die vollziehe ich immer, wenn ich gefühlsmäßig nicht gut drauf bin. Danach geht's mir gleich besser. Ich übersehe die Schimmelflecken am Duschvorhang, die aufgeweichten Fußballbilder auf den rosafarbenen Fliesen und sogar den schrecklichen Rochen, die Skelettreste eines wohl vor Jahren gestorbenen Fisches. Seine leeren Augen glotzen über den Rand des Badezimmerspiegels und an dessen verschrumpelten Flossen hängen dicke Staubflocken. Ich frage mich, wie Cordula ihrem Sohn einen solchen Wandschmuck erlauben kann. Die einzig mögliche Erklärung ist die, dass bis zu meinem Einzug niemand außer Mike Zutritt zum Dachgeschoss gehabt hat. Wenn ich mir das überlege, verstehe ich natürlich auch, warum er zu mir so abweisend ist. Auf einmal muss er sein Reich mit jemandem teilen und so fein und hochnäsig, wie ich mich auf der Party gegeben habe, denkt er bestimmt, dass ich dafür nicht gerade die Richtige bin. Womit er ja auch Recht hat. Deshalb habe ich Verständnis für ihn und sogar Mitleid, weshalb ich großzügig darauf verzichte, noch mehr meines blumigen Parfüms zu versprühen und den Rochen schon heute auf seine lange Reise in die ewigen Fischgründe zu schicken, also im Klo abzuspülen.

10. Juni

Sieben Dinge, die süße Sonntage sauer werden lassen:
Erstens: das Maunzen meiner Katze um fünf Uhr früh.
Zweitens: das Schlagen der Krallen ebendieser Katze in meine nackten Füße um fünf Uhr dreißig.
Drittens: mein schlaftrunkenes, barfüßiges Tapsen durchs Haus um fünf Uhr fünfunddreißig und der Tritt in einen übrig gebliebenen, klebrigen Flecken Tomatensoße vor dem Esstisch.
Viertens: kein Wasser im Kühlschrank zu finden, keinen Jogurt, keinen Früchtequark und keine Milch für die Katze.
Fünftens: die vermaledeite Katze zu erblicken, die mir gefolgt ist – ich muss im verschlafenen Zustand die Tür nicht richtig geschlossen haben –, sich gerade durch das vor wenigen Sekunden von mir selbst geöffnete Küchenfenster zwängt und mit einem Satz in den morgendlichen Garten verschwindet.
Sechstens: eine totale Krise zu bekommen: Meilenweit weg von zu Hause, hundemüde – Katze weg und im Kühlschrank nicht mal was zu essen.

Siebtens: Mike. Der ist in seinen Boxershorts und dem verwaschenen T-Shirt scheinbar aus dem Nichts aufgetaucht, sieht mich weinen und fragt gleich zwei dumme Fragen auf einmal. »Schon wach? Alles klar?«

»Weder – noch«, antworte ich, wische mir die Tränen energisch mit dem Handrücken ab, spritze mir an der Spüle Wasser ins Gesicht, reibe mir den Schlaf aus den Augen und versuche meine Haare zu bändigen. Erfolglos, wie mir mein verzerrtes Spiegelbild im chromblitzenden Teekessel zeigt. Ach, pfeif drauf!, denke ich, Mike sieht auch nicht viel ausgeschlafener aus.

»Oh, deine Katze streunt da draußen rum«, bemerkt er.

»Eben! Sie ist zum Fenster raus. Dabei wollte ich sie erst langsam an die neue Umgebung gewöhnen, hoffentlich haut sie mir nicht ab.«

»Wir können sie ja wieder einfangen.« Mike zuckt die Achseln, tritt zum Fenster und öffnet es ganz.

»Katzenvieh!«, ruft er. »Ey, Katzenvieh, komm sofort zurück, sonst haun wir dich inne Pfanne!« Mike lacht glucksend und da wird mir erst klar, was er gesagt hat: wir.

In einem Satz, den mir nicht mal Doktor Fritz nachmachen könnte, stehe ich hinter ihm und schlage vor: »Komm, wir steigen eben durchs Fenster, dann haben wir sie gleich!«

»Okay.« Mike bleibt freundlich und zugänglich, unglaublich, das muss an der Uhrzeit liegen! Oder schlafwandelt er etwa? Nein, sieht nicht so aus. Lässig steigt er auf die Küchenanrichte und schwingt sich sportlich aus dem weit geöffneten Fenster in den Garten hinaus. Das bleibt Doktor Fritz natürlich nicht verborgen. Sie legt die Ohren an und kriecht unter das nächste Gebüsch. Jetzt komme ich. Aus dem Fenster, in den Garten. Das Gras ist kalt, der Tau kitzelt an meinen Füßen.

»Hier entlang!« Mike kriecht unter das Gebüsch, Doktor Fritz flitzt auf der anderen Seite heraus. Ich versuche sie zu packen, rutsche auf dem nassen Gras aus, falle auf den Boden und erwische von Doktor Fritz nur den Schwanz, den ich sogleich loslasse, als sie aufquiekt.

»Sie entwischt uns durch den Zaun!«

Wir laufen über die Wiese. Doktor Fritz steuert tatsächlich auf den Zaun zu, zwängt sich unter den Büschen hindurch, schwenkt da aber in Richtung Regentonne. In dem Moment entdecke ich etwas, das ich noch lieber haben will als die Katze: Himbeeren. »Ooh, lecker!«

Mehrere hohe Sträucher stehen am Zaun, die reifen

roten Früchte sehen unwiderstehlich aus. Im Nu habe ich die erste abgepflückt und sie zergeht mir auf der Zunge wie die verdiente Entschädigung für die Entbehrungen des gestrigen Tages.

»Ich dachte, du wolltest deine Katze einfangen!« Mike wirkt wacher, nicht mehr so schlafwandelnd, er runzelt die Stirn.

»Erst mal Kraft tanken! Willst du auch?« Ich halte ihm eine Beere hin und einen Moment sieht es so aus, als wolle er sie annehmen, dann aber schüttelt er energisch den Kopf.

»Jetzt nicht.«

»Wie kommt's eigentlich, dass du schon wach bist?«, frage ich, gähne laut, recke mich und strecke die Arme in den blassblauen Himmel.

»Ich hab jemanden auf der Treppe gehört und in dem Moment nicht daran gedacht, dass du jetzt da wohnst.«

»Hör mal!«, sage ich. »Wie du weißt, hab ich mir das hier nicht ausgesucht. Ich wollte nicht aus Hannover weg, ich hab mich da sehr wohl gefühlt. Dort hatte ich meine Freunde, meine Oma, mein Zimmer ... nichts gegen euch, versteh mich nicht falsch, aber mir wär's lieber, mein Vater wär allein erziehend geblieben.«

Mike schweigt, knibbelt mit dem Daumennagel

abblätternde Farbe von einem Gestell, auf dem Blumentöpfe stehen.

»Mir wär's auch lieber«, brummt er.

»Glaub ich. Aber jetzt müssen wir irgendwie das Beste draus machen.«

Mike dreht den Kopf direkt in die aufsteigende Sonne, blinzelt. »Werdn wir schon!«, sagt er mit der scheinbar unbeteiligten Art, die ich schon von ihm kenne.

In dem Moment – das Sonnenlicht färbt Mikes rote Haare gerade kupfergold – spüre ich eine weiche Berührung an meinen bloßen Beinen. Meine Katze ist wiedergekommen und schnurrt, was das Zeug hält.

»Gefällt's dir wenigstens hier?«, frage ich sie. »Ist doch ein schöner Garten, oder?« Sie schließt wohlig die Augen und ich streiche ihr mit den Fingerspitzen die Stirn entlang zwischen den Ohren hindurch und den Nacken hinunter. Doktor Fritz schnurrt wie ein Dieselmotor und dann, als verstehe sie, dass sie sich Mikes Herz jetzt auch erschleichen muss, trabt sie zu ihm rüber und reibt ihren hübschen, kleinen Kopf so liebevoll an seinen Waden, dass er einfach keine Chance hat, sie nicht zu mögen.

»Die ist aber dick!«, ist der letzte Widerstand, den er gegen das »Katzenvieh« hervorbringt.

»Sie ist nicht dick. Sie ist trächtig.«

Mike starrt mich mit offenem Mund an. »Nee! Echt? Weiß Mama das schon?«

»Cordula? Nö, glaub nicht, dass Papa ihr das gesagt hat.«

»Hermann kann uns doch so was nicht verschweigen!«

»Ihr habt uns doch auch Jackpot verheimlicht! Ach, ist doch egal! Unsere Erwachsenen lieben sich. Ihre Liebe ist für sie das Einzige, das zählt. Kinder und Tiere und anderer Hausrat haben sich damit abzufinden, fertig. Und wenn das so ist, dann werden ein paar klitzekleine Katzenbabys ihrer Liebe ja wohl nichts anhaben können.«

Mike schweigt. Ich warte einen Augenblick, dann wage ich es und bücke mich ebenfalls zu Doktor Fritz hinunter. Es klappt. Mike hält meine Nähe aus, die Katze hat sich wohlig auf die Seite ins Gras fallen lassen und meine himbeerverschmierte und Mikes sommersprossige Hand fahren gleichzeitig durch ihr grau getigertes Fell.

»Pah, die Liebe«, sagt Mike nach einer Weile abfällig. »Bin gespannt, wie lang sie hält.«

»Wenn's nicht klappt, kannst du wieder nach Hause.«

»Stimmt. Und du hast wieder deine Ruhe.«

Ich seufze.

Mike hält im Katzekraulen inne. »Hast du da eigentlich 'nen Freund gehabt?«

»In Hannover nicht. Aber ich hatte schon mal einen. Einen Italiener. Ich hab ihn in den Osterferien kennen gelernt und er hat mir noch ein paar Mal geschrieben. Und du?«

»Ich war noch nicht in Italien.«

»Ha, ha. Das meinte ich ja wohl nicht.« Und als er keine Antwort gibt, hake ich eben nach: »Ich wollte wissen, ob du schon mal ein Mädchen nett fandest.«

»Mädchen?« Er verzieht das Gesicht. »Nee«, sagt er Doktor Fritz so zärtlich ins Ohr, als sei es ein Kompliment für sie.

»Hier gibt's keine netten Mächen.«

»Schade«, sage ich. »Ich brauch nämlich dringend 'n paar neue Freunde. Ist sonst 'n bisschen einsam.«

»Die findest du schon! Bist ja nicht auf den Mund gefallen!«

»Ja, das sagt mein Vater auch immer.«

Mike muss plötzlich lachen. »Mama ist gestern fast gestorben, als er seine Käsemauken ausgepackt hat!«

»Das bin ich auch fast an dem Abend, an dem ihr so albern wart!«

Mike wird wieder rot, diesmal aber weniger aus

Verlegenheit, sondern einfach aus Spaß an Albernheiten.

»Du hast gar nicht gemerkt, dass wir mit dir den Mädchen-Test gemacht haben. Das war Tims Idee. Er sagte: Wenn sie den Mist mitspielt, sieht sie nicht nur gut aus, sondern ist auch noch nett!«

»Da bin ich ja glatt durchgefallen!«

»Ach! Jaa . . . Nöö . . .«, sagt Mike, winkt ab, reißt ein Blatt vom Himbeerstrauch, zerpflückt es und lässt die Einzelteile auf Doktor Fritz' Bauch und meine Hände rieseln. »Na ja, vergessen wir das jetzt! Also, du hast deine Katze wieder. Ich geh noch mal zwei Stunden ins Bett. Tschau.«

»Tschau«, sage ich und sehe ihm nach, wie er über den Rasen zum Küchenfenster zurückgeht und ins Haus steigt.

»Hast du gehört?«, frage ich meine Katze leise und kuschele mein Gesicht glücklich in ihr Fell. »Sie finden mich gut aussehend. Zumindest Tim.«

10. Juni, nachmittags

Acht Minuten, in denen meine Geduld auf eine harte Probe gestellt wird. In der ersten zündet sich mein Vordermann zum x-ten Mal eine Zigarette an, deren Rauch genau in meine Nase steigt, während die schwarz-gelben und blau-weißen Spieler unten auf dem Rasen alle weiter fröhlich durcheinander rennen. In der zweiten kommt zum Zigarettenqualm eine rote Rauchbombe hinzu, die wohl gezündet wurde, weil der lange Schwarz-Gelbe gerade von dem kleinen Blau-Weißen gefoult wurde und nun auf einer Bahre davongetragen wird. In der dritten bricht um mich herum ein solches Gebrüll aus, dass ich glaube, meine Trommelfelle würden platzen, und das nur, weil ein anderer Schwarz-Gelber jetzt einen Elfmeter schießen darf. In der vierten tritt Mike mir beim Hochspringen-und-wieder-Landen voll auf den linken Fuß, sodass dieser wohl nur noch Knochenmus sein kann, während der Spieler (im Folgenden von Mike nur noch Blindfisch, Idiot, Warmduscher etc. genannt) den Elfmeter verschießt. In der fünften bekomme ich in Form einer kalten Dusche zu spüren, dass auch andere Fans sich über den verschossenen Elfer ärgern. Sie haben vor lauter Wut nämlich sogar die Lust auf ihr Bier verloren und schütten es daher über den Köpfen der vor bzw. auf der Tribüne unter ihnen stehenden Zuschauer aus. In der sechsten ruiniert mein Vater mir mit einem starken Tritt unvorbereitet auch den anderen Fuß und renkt mir im aufbrausenden Jubel – es muss wohl ein Tor gefallen sein – gleich noch den Arm mit aus, indem er ihn bis in den Stadionhimmel hochzureißen versucht. In der siebten knufft mich Mike so heftig mit dem Ellenbogen, dass ich wohl mehrere blaue Flecken davontragen werde. Außerdem verebbt der Jubel schlagartig, denn das vermeintliche Tor war abseits und zählt also nicht, weshalb nun der Schiedsrichter die universell auf alle Fußballer anwendbaren Bezeichnungen zu hören bekommt (Blindfisch, Idiot, Warmduscher etc). In der achten wird die Enttäuschung von den Fans wieder voll ausgelebt. Diesmal fliegt eine angebissene Bratwurst direkt an meiner Nase vorbei und landet mit einem satten »Flatsch!« auf der Glatze des Rauchers schräg vor mir. Das ist so schön, dass ich mich die ganze Verlängerung darüber freue und sogar brav von selbst hochspringe und mitjubele, als dann noch ein richtiges Tor fällt – ich glaube für die Blau-Weißen.

So. Und dann hab ich's endlich überstanden und für den Rest der Saison meinen Teil zum Aufeinander-zu-Gehen in der neuen Familie geleistet.

Cordula allerdings ist nicht der Meinung, dass unser dreier Zusammenspiel heute Nachmittag den Regeln des Fairplay entsprach. Als wir heimkommen, begrüßt sie uns, oder besser gesagt meinen Vater, mit den Worten »Hey, Leute, ihr geht zum Fußball und lasst mich hier in diesem Chaos zurück! Der Umzug macht sich nicht von alleine!«

»Komm, Häschen, du hast doch selbst gesagt: Wir müssten uns anfangs besonders viel um die beiden kümmern. Heute haben sie sich schon nicht mehr so giftig angeguckt. Stimmt's, Meike? Du bist ein richtiger Fußballfan geworden, was?«

»Na ja«, antworte ich wenig überzeugt und ernte einen lauernden Blick von Mike. Mir fällt der Mädchen-Test, von dem er mir heute Morgen erzählt hat, ein und daher füge ich schnell hinzu: »Schwimmen liegt mir mehr.«

»Das machen wir nächsten Sonntag!«, bestimmt mein Vater und legt die Arme um Cordula.

»Häschen«, säuselt er, »soll ich euch alle zur Feier des Tages zum Pizza-Essen einladen?«

»Ich weiß nicht, Hermann. Es gibt so viel zu tun. Und du wolltest wegen des Diebstahls doch auch noch mal zur Polizei.«

Mein Vater stöhnt. »Ach ja. Du hast ja Recht. Soll ich euch dann wenigstens nachher ein Eis mitbringen?«

»Mir nicht, danke.« Mike schüttelt den Kopf, lässt sich auf einen Sessel fallen und zappt mit der Fernbedienung durch die Fernsehprogramme.

»Komm, Papa, wenn er nicht mag, dann lass uns schön Eis essen gehen! Gehen wir eben zu dritt!« Ich sehe Cordula an.

»Wenn, dann soll Mike auch mitkommen«, beharrt sie.

»Öhh«, stöhnt Mike. »Ich hab aber keinen Hunger und ich steh nicht auf Familienausflüge. Außerdem kann die da mal langsam ihre dämliche Mütze abnehmen, wir haben uns schon im Stadion mit ihr blamiert!«

»Das heißt nicht *die da*«, korrigiert Cordula ihren Sohn.

»Im Stadion kann man sich wohl kaum blamieren!«, rufe ich, obwohl ich natürlich selbst ein komisches Gefühl hatte, statt eines Fanschals oder normaler Klamotten die rosafarbene, gehäkelte Mütze meiner ehemaligen Nachbarin zu tragen. Papa hat das nicht gefallen und Mike hat es regelrecht aufgeregt. Seitdem ist er wieder genauso verschlossen wie vorher.

»Meike heißt Meike, hast du das verstanden, Mike?«, wiederholt Cordula, ohne auf mich zu achten.

»Trotzdem hat Mike Recht, du könntest das Ding jetzt wirklich abnehmen, Meike«, ermahnt mich mein Vater.

»Diese Mütze, Papa, ist eines der wenigen Dinge, die mir noch von zu Hause geblieben sind. Ich trage sie jetzt als Zeichen meines Protests, meiner Trauer und meines Unglücks überhaupt.«

»Du spinnst ja, Meike!«, sagt Papa kopfschüttelnd.

»Ich hab mir heute Nacht vorgenommen die Mütze so lange zu tragen, bis ich mich hier zu Hause fühle, das heißt, bis ich wieder einen Schwimmverein habe, bis mir jemand ein Schmusekissen schenkt und mich ein Junge küsst.«

»Ha, ha!«, ruft Mike, dreht die Lautstärke weiter auf und lässt einen fetzigen Rocksong durchs Wohnzimmer wummern.

»Mike, mach das sofort leiser!«

»Hat dich denn überhaupt schon ein Junge geküsst?«

Ich antworte nicht. Mike ist bisher der Einzige, der von Giancarlo weiß, und er soll es auch bleiben.

»Meike, ich hab dich was gefragt!«

»Mike, mach das sofort leiser!«
»Mann, oh Mann!«, ruft Mike und schaltet den Fernseher aus. Die Stille, die folgt, erscheint mir fast genauso ohrenbetäubend wie die Musik. »Mike hier, Meike da«, äfft er unsere Eltern nach, »da kommt man ja vollkommen durcheinander!«

11. Juni, Montag

Neun Stunden, in denen ich meine zum Überleben wichtigsten menschlichen Qualitäten Humor, Freundlichkeit, Tapferkeit und Anpassungsfähigkeit beweisen muss.
Erstens: in Deutsch. Da kann ich schon mal zeigen, wie gut ich Löcher in die Luft gucken kann. Ich habe nämlich nichts zu tun, weil meine neuen Mitschüler eine Klassenarbeit über ein Buch schreiben, das wir in meiner alten Schule nicht gelesen haben. Während Mike, Tim, Holgi, Marvin und vierundzwanzig andere Jungen und Mädchen also in der zerknitterten Lektüre herumblättern, leise fluchen, tuscheln, mit ihren Füllern über das Papier kratzen, radieren wie die Weltmeister und denken, denken, denken, sitze ich auf einem Stuhl am Fenster und langweile mich mindestens ebenso intensiv. Da habe ich sie nun endlich vor mir, die 28 Schüler der 8a, sehe ihre roten, angestrengten, verzweifelten, ärgerlichen und von Geistesblitzen durchzuckten Gesichter und kann und darf keinen Kontakt zu ihnen aufnehmen. So wird der drei Wörter umfassende Kurzdialog – ein

Schüler zu mir: »Krasse Mütze!«, ich daraufhin: »Danke.« – für die erste Stunde das Einzige bleiben, was wirklich erwähnenswert ist.

Zweitens: wieder in Deutsch. Da beweise ich, dass ich mich zur professionellen Langstreckenlangweilerin bestens eigne, denn die Arbeit dauert eine Doppelstunde.

Drittens: in Englisch. Da zeige ich, dass ich Selbstironie besitze. Von der Lehrerin werde ich der Klasse vorgestellt: »This is Meike, she comes from Hannover and lives together with Mike.« Die Lehrerin nickt mir aufmunternd zu. Na, den Satz hätte ich zur Not auch noch hingekriegt. Nun aber stellt sie eine Frage, die ich ganz sicher niemals ausgesprochen hätte: »I think, she's your lovely sister, isn't she, Mike?«

»Nee! Nix da.«

»Speak English, please!«

»No!«

»Please!«

»No! I say: no!«

»Mike, tell us in a whole sentence, please!«

»Mann, wie oft denn noch? Meike is not the sister of Mike!«

Und Mike ist jetzt so knallrot, als sei er es, der hier seinen ersten Schultag hat. Meine neuen Mitschüler

aber haben ihren Spaß: Schadenfreude ist ja bekanntlich die schönste Freude.
Um Mike zu helfen – man sieht, neben Selbstironie ist auch noch Aufopferungsbereitschaft im Spiel –, sage ich: »I think you're laughing about my cap.« Ich tippe mit dem Finger auf die Mütze. »I know it's funny, but I love funny things. So, und jetzt auf Deutsch: Kann ich vielleicht neben irgendjemandem sitzen?«
»Hier!«, sagt ein Mädchen mit blau gefärbten Haaren. »Funny ist gut. Ich bin Alina, hi.«
»Hi«, sage ich und: »Danke.«
Glück gehabt. Jetzt hab ich zumindest den Anfang schon mal gemacht.
Viertens: in Reli. Da zeige ich meine Flexibilität. Alina hält nicht viel vom Geschwafel über Gott und gute Taten, und obwohl ich das insgeheim anders sehe und Schwänzen nun wirklich nicht meine Art ist, weiß ich, dass ich mich nicht gleich am ersten Tag als Streberin outen darf. Also mache ich mit Alina, Johanna, Katie, Tim und Marvin blau (Mike ist nicht dabei, er ist katholisch) und lerne statt ethischen Grundwerten, wo es den besten Kakao und Marmorkuchen im Umkreis gibt und wer mit wem in der Klasse schon gegangen ist.
Fünftens: in Physik. Da stelle ich meine Tapferkeit

auf die Probe. In Gruppenarbeit sollen wir uns an Stromkreise wagen und Alina hat ständig Angst, einen gewischt zu kriegen. Die Lehrerin, Frau Dr. Driebel-Büscher, ist auch eine fiese Zange, die gern mal in Kauf nimmt, wenn ihre »dummen Schüler« sich einen »gerechten Schlag« holen. Alina behauptet, die Frau stünde bestimmt auf Sado-Maso und würde zu Hause ihren Ehemann nackt auspeitschen.

Sechstens: in Geschichte. Da meistere ich akute Anfälle von Müdigkeit, indem ich mich auf kleinen Zetteln mit Tim über Sinn und Unsinn von rosafarbenen Mützen und die sexuellen Vorlieben der Driebel-Büscher verständige. Es gelingt mir, nicht einzuschlafen, und Alina verleiht mir dafür einen unsichtbaren Orden.

Siebtens, achtens und neuntens: in Sport bzw. Schwimmen. Da tauche ich ins Wasser und übe die hohe Kunst des Abschaltens. Als das kühle Wasser meinen Körper umfließt, habe ich das Gefühl, ich könne für einen Augenblick alles hinter mir lassen. Unser Sportlehrer merkt auch gleich, dass mir dieses Element nicht erst seit gestern vertraut ist und meine Bewegungen nichts mit dem Strampeln der meisten anderen gemein haben. Als ich ihn nach einem Verein frage, ist er entsprechend nett und bietet mir

auch an mich für die Schulmannschaft zu trainieren. Na also!
Nur Mike behält sein saures Gesicht den ganzen Tag über bei. Auf dem Heimweg rennt er voraus und spricht kein Wort mit mir, anschließend verbarrikadiert er sich in seinem Zimmer und dreht lärmige Heavymusik auf. Erst beim Abendessen, als ich Cordula und Papa von meinem ersten Schultag berichte, gibt er zu jeder meiner Aussagen seinen Senf dazu: Alina, meine neue Freundin, sei das frechste, vorlauteste und faulste Mädchen der ganzen Klasse. Auch Tim hätte nur Unsinn im Kopf und würde versuchen auf Teufel komm raus mit jedem Mädchen zu flirten, was er heute in tausend Briefchen mit mir ja schon intensiv getan habe. Außerdem hätte ich mit meiner grauenhaften Mütze nicht nur mich selbst, sondern auch ihn blamiert, denn man hätte ihn gefragt, ob er morgen auch mit so einem Teil ankäme. Und überhaupt: Der Sportlehrer wollte am liebsten alle Schüler in der Schwimmmannschaft organisieren. Darauf sollte ich mir mal bloß nichts einbilden. Nachdem Mike zum guten Schluss auch noch petzt, dass ich in Religion unentschuldigt gefehlt habe, reicht's mir. Ich knalle meine Gabel auf den Tisch und brülle: »Meine Güte, du weißt wohl alles besser, was? Du hättest mir mal

lieber vorher etwas über deine Klasse erzählen sollen, hättest mir mal 'n bisschen helfen sollen, aber nein, dazu warst du dir ja zu schade!« Ich äffe seine Antwort im Englischunterricht nach: »She is not my sister! Ich hab nichts mit der zu tun! Und jetzt motzt und petzt du hier rum, du bist ja vielleicht ein Blödmann!«

»Meike!« Mein Vater legt mir die Hand auf den Arm, Cordula sieht mich erschrocken an und sperrt den Mund auf.

»Ist doch wahr!«, rufe ich und stehe auf. »Ich weiß nicht, was Mike gegen mich hat, ich hab ihm nichts getan! Heute bin ich ihm nicht mal hinterhergelaufen, sondern hab mich sofort mit anderen Leuten unterhalten, bin überhaupt nicht in seine Nähe gekommen. Aber das passt ihm ja auch nicht, diesem eigenbrödlerischen Brummelkopf!«

Mike starrt angestrengt auf den Tisch, schneidet mit dem Messer Rillen in die Butter und sagt: »Ich hab überhaupt nichts gegen dich. Höchstens, dass du mir ein bisschen zu schrill und zu abgedreht bist. Und dass ich deine Mütze hasse. Und dass ich es bescheuert fand, dass du Alina gleich erzählt hast, wie wir in unseren Schlafanzügen durch den Garten gerannt sind, um deine Katze einzufangen. Und dass mich jetzt alle nach dir ausfragen und mir hinterherrufen: ›Da kommt deine *lovely sister*‹, und dass du meinen Stand in der Klasse kaputtgemacht hast und . . .«

An dieser Stelle verlasse ich fluchtartig das Zimmer. Mann, Brüder sind echt das Letzte . . .

12. Juni

Zehn Tage, die ich lieber vergessen würde:
Am ersten muss ich mich gegen meine modebewusste Familie durchsetzen, dass ich weiterhin die rosafarbene Mütze tragen kann. Als Papa mich mit der Mütze sieht, ruft er: »Meike und ihr Putzfeudel! Hey, wie wär's mit einem Kopftuch? Sag mal, trägst du jetzt einen Eierwärmer spazieren?« Dabei schnappt er nach der Mütze, versteckt sie vor mir wie ein kleiner Junge und wirft sie Mike zu. Der geht aber nicht auf das Spiel ein und lässt sie sich stattdessen gelangweilt von mir aus der Hand reißen. Er hat es wohl schon aufgegeben und beschlossen mich am besten zu ignorieren.
Am zweiten Tag muss ich mich gegen Mikes Musikgeschmack durchsetzen. Das kann nur geschehen, indem wir beide unsere Stereoanlagen aufdrehen und abchecken, welche die lauteste ist. Das Glück ist auf meiner Seite, denn da meine alte Anlage ja gestohlen wurde, verfüge ich jetzt über eine von Papa und der Versicherung spendierte nagelneue Superanlage, deren Boxen schon immer

mal zeigen wollten, wer hier der King unterm Dach ist. Mein Glück ist allerdings nicht von langer Dauer, denn Cordula kommt kreischend die Treppen heraufgestürmt und setzt dem Lautstärke-Fight ein schnelles Ende.

Am dritten Tag muss ich mich gegen Doktor Fritz durchsetzen, die der Ansicht ist, ein so prächtiges Meerschweinchen wie Jackpot wäre längst schlachtreif und würde einer werdenden Mutter besonders gut schmecken. Sobald sie herausgefunden hat, welch fetter Braten sich hinter der Tür mit dem Hochspannungsschild befindet, nutzt sie prompt Mikes Abwesenheit, um sich in seine Bude zu schleichen. Leider verfügt meine Katze über die Fähigkeit, geschlossene Türen zu öffnen, indem sie auf die Klinke springt, diese mit ihrem Gewicht herunterdrückt und anschließend die Tür mit der Pfote so weit aufschiebt, dass sie hindurchflitzen kann. Dafür hat sie auch von Papa den Doktortitel verliehen bekommen. In letzter Sekunde gelingt es mir, das frei laufende Meerschwein zu packen und vor ihren Krallen in Sicherheit zu bringen. Na, das wäre was gewesen, wenn Mike heimgekommen und sein Haustier bereits verdaut gewesen wäre! Also schimpfe ich mit Madame, scheuche sie in den Garten und überlege, ob ich Mike von ihrem Können erzählen soll. Sicherer wäre es auf jeden Fall für Jackpot, ungünstig dagegen für mich: Wenn Mike sein Zimmer von nun an abschließt, kann ich mir nicht mehr heimlich seine CDs leihen oder an seinem Computer sitzen.

Am vierten Tag muss ich mein erstes Training in der Schulmannschaft bestreiten. Aus meiner Klasse sind keine Mädchen dabei, dafür aber Tim, der zwar mit den Jungs für sich trainiert, aber die ganze Zeit zu mir herüberlinst. Sein Kopfsprung sieht ganz schön edel aus und von den Muskeln und der Sportlichkeit her ist er zehnmal attraktiver als Mike. Leider hab ich wenig Gelegenheit, hinüberzuschauen, denn unsere Trainerin scheucht uns ganz schön und die Mädchen meiner Mannschaft wollen mich natürlich auch kennen lernen. Nachher in den Duschen höre ich, dass sie alle in einen der Trainer verliebt sind. »Wenn ich an Sascha nur denke, dann geh ich im Wasser ab wie 'ne Rakete!«, sagt Swantje, die neben mir duscht, und schubst mich an. »Wie gefällt er dir?«, fragt sie und ich merke, dass alle mich ansehen. Vielleicht ist das hier auch wieder so ein »Aufnahme-Test«, wie Mike ihn beim Grillabend mit mir gemacht hat, denke ich und zögere erst mal. Schließlich will ich

nicht wieder was Falsches sagen oder gar jemanden kränken. Daher entscheide ich mich für ein geheimnisvolles »Ja, also, ich muss gestehen, ich habe auch die ganze Zeit nach einem bestimmten Augenpaar gesucht!«, was auch so gut ankommt, dass alle zustimmend nicken und lachen und Swantje mich mit eiskaltem Wasser bespritzt.
»Dann passt du ja zu uns!«, ruft Yvonne und Magda fällt ein: »Unser Schlachtruf heißt nämlich: Schwimmen macht sexy!« Sie dreht sich powackelnd im Kreis und wir anderen wiederholen den Spruch, so als wollten wir uns vor einem entscheidenden Wettkampf anfeuern. Dann klatschen wir einander mit den Händen ab und stoßen jede noch mal einen Siegesschrei aus, bevor wir endlich den Duschraum verlassen. Schwimmen macht sexy! Wenn das Mike hören würde!
Am fünften Tag ist neben dem Streit um den Standort des Katzenklos wieder meine Mütze das empfindlichste Thema in unserer Familie.
»Wann wirst du dieses grauenhafte Gerät denn endlich abnehmen?«, fragt Papa beim Abendbrot zum x-ten Mal.
»Hab ich doch gesagt«, wiederhole ich, ebenfalls zum x-ten Mal, »wenn ich wieder einen Schwimmverein habe –«

»Den hast du!« Papa hebt einen Zeigefinger.

»Okay. Ja. Aber wenn mir außerdem noch jemand ein Schmusekissen schenkt –«

»Sofort!« Cordula reicht mir ein weiches, in Geschenkpapier eingewickeltes Päckchen über den Tisch. »In frischem Rosa. Nicht zu weich, nicht zu hart und nicht zu kratzig, genau, wie du es haben wolltest«, sagt sie und legt ein Lächeln oben drauf. »Ich will doch auch, dass du dich hier endlich ganz zu Hause fühlst, Meike.«

»Danke.« Ich erröte etwas. Ein bisschen fühle ich mich ja auch schon zu Hause, will ich sagen. Auch wenn mein altes Kuschelkissen grün war . . .

»Nimmst du die Mütze jetzt ab?«, hakt Papa nach.

»Nein. Du weißt doch: Erst muss mich ein Junge küssen.«

»Mike, dein Einsatz!«, ruft Papa und lehnt sich mit einem Glas Wein zurück.

»Pffft. Das wüsst ich aber!«, tönt Mike.

»Du zählst sowieso nicht«, sage ich. »Aus Liebe müsste mich jemand küssen, nicht einfach nur so!«

»Meinst du, da findest du jemanden?« Mike zieht ein schiefes, fast höhnisches Grinsen.

»Ja, da ist schon jemand in der engeren Wahl«, behaupte ich selbstbewusst und lächele geheimnistuerisch.

»Ach so.« Mike senkt den Blick. Kann es sein? Wird er rot?
Papa und Cordula dagegen horchen auf. »Wer denn?«
»Och«, weiche ich aus und bereue beinahe, dass ich mich so weit aus dem Fenster gelegt habe. »Das werdet ihr dann schon sehen.«
Am sechsten Tag muss ich mit Alina und Johanna den besten Platz im Garten – nämlich die beiden Hängematten unter den Apfelbäumen – gegen Mike, Tim, Holgi und Marvin verteidigen. Mike will zuerst einfach nicht einsehen, dass ich auch das Recht habe, Freundinnen einzuladen. Was geht es mich an, dass er nicht weiß, wo er hinschauen soll, wenn wir uns in unseren knappsten Bikinis in der Sonne bräunen, und dass er rot wird, wenn Alina ihn dann bittet ihr den Rücken mit Sonnenmilch einzucremen? Es ist dämlich von ihm, nachher zu mir zu sagen: »Hoffentlich regnet's bald mal wieder!« Ich kann schließlich nichts dafür, dass er so verklemmt ist.
Am siebten Tag muss ich meine erste versiebte Mathearbeit heimbringen und meinem Vater beichten. Das ist eigentlich eine normale Situation, die ich einigermaßen routiniert zu meistern weiß, da ich in Mathe schon immer schlecht war. Doch die Tatsache, dass Mike mit einer glatten Eins protzen

kann und das nicht einmal tut, sondern nur schulternzuckend sagt: »Och, war nicht schwierig«, macht meine Lage schwierig. Alle meine Argumente – Lehrer hat nicht richtig erklärt, zu wenig Zeit gehabt, haben alle nur Fünfen geschrieben – sind plötzlich unglaubwürdig und Papa droht mir zum ersten Mal in meinem Leben mit Nachhilfe. Woraufhin Cordula vorschlägt: »Mike kann ihr doch helfen. Wir sparen uns das Geld.«
»Da würde ich ja lieber ihre Mütze aufsetzen und mich anschließend von einem Marsmenschen küssen lassen!«, protestiert Mike.
»Danke, ich schaff das schon allein!«, sage ich und rausche eingeschnappt nach oben, obwohl Beleidigte-Leberwurst-Spielen normalerweise gar nicht meine Art ist.
Am achten Tag spendiert Papa uns allen einen Abend im Kino. Hier muss ich meine Angst vor Horrorfilmen überwinden. Mike hat den düstersten und blutrünstigsten Serienmörder-Streifen ausgesucht, in den unter 18-Jährige je reingelassen wurden, und während Cordula sich ängstlich an Papa kuschelt und vom Film wohl wenig mitbekommt, habe ich niemanden zum Anlehnen. Der Platz links von mir ist leer, rechts sitzt Mike. Auf einmal halte ich's nicht mehr aus und springe ihm in einer Schrecksekunde

halb auf den Schoß. »Huaaah!«, macht er, so als habe er eine kalte Dusche bekommen oder sei barfuß in eine Nacktschnecke getreten. »Ich küss dich nicht, du brauchst gar nicht versuchen mich zu überrumpeln!«

Am neunten Tag muss ich dafür sorgen, dass Geheimnisse auch solche bleiben. Papa darf nicht wissen, dass Alina und ich uns aus »Gewissensgründen« vom Religionsunterricht abgemeldet haben. Er würde nämlich nie erlauben, dass ich mich nur aus Faulheit drücke und die Freistunde mit Alina genieße, statt die Zeit zu nutzen und etwas für mein Leben zu lernen. Cordula hat mir die Erklärung unterschrieben, als Dankeschön dafür, dass ich Papa nicht verrate, dass ab und zu ihr Exmann, also Mikes Vater, hier aufkreuzt. Der kommt angeblich nur, um Mike regelmäßig zu sehen, aber ich hab rausgekriegt, dass er Cordula noch richtig gern hat und sie sich umarmt haben. Cordula fürchtet jetzt, mein Papa könnte eifersüchtig werden, obwohl er, wie sie sagt, keinerlei Grund dazu hat.

Am zehnten Tag kommt Oma zu Besuch, um zu sehen, ob es uns gut geht. Die Familie ist komplett – das Chaos perfekt. Zwar kommt Oma mit mir und Mike gut klar, spielt mit ihm am Computer und ist für mich zum Reden da – nur mit den Erwachsenen gibt's

ständig Reibereien. Cordula geht sie auf die Nerven, weil sie Vegetarierin ist und jedes Essen anders zubereiten würde, ihrem Sohn schwärmt sie ständig von einer großen Hochzeitsfeier vor, wobei ich da nicht sicher bin, ob sie wirklich will, dass Papa Cordula heiratet oder ob sie eher von einer eigenen Hochzeit mit ihrem netten, älteren Herrn träumt. Als sie bei einem gemeinsamen Ausflug ins Theater auch noch meine rosafarbene Mütze lobt, fällt die Stimmung in dem Moment, in dem sich der Vorhang hebt.
»So, jetzt wirst du alt!«, schimpft mein Vater. »Du willst es ja nicht wahrhaben, aber du hast Geschmacksverkalkung!«
»Ich will dir mal was sagen, mein Junge«, verteidigt sich Oma lautstark und ohne darauf zu achten, dass es im Zuschauerraum ansonsten schon still geworden ist, »dein Bierbauch, der zeugt auch nicht gerade von gutem Geschmack!«

22. Juni

Elf Fettnäpfchen, in die das Reintreten lohnt:
Erstens: Mikes Duschgel verbrauchen und ihm stattdessen ein blumiges »Mädchenshampoo« in die Dusche stellen.
Zweitens: aus seiner schwarz-gelben Lieblingstasse trinken und Lippenstiftspuren am heiligen Fanobjekt hinterlassen.
Drittens: Mike vor seinen versammelten Kumpels fragen, ob er meinen schwarzen BH versteckt hat, den ich schon seit Tagen suche.
Viertens: Cordula und ihren Freundinnen unaufgefordert von Hermann, dem Herzensbrecher, erzählen und alle seine Exfreundinnen mit kurzer Angabe des Aussehens und der Dauer der Beziehung auflisten.
Fünftens: Cordulas Bohneneintopf mit den Gerichten meiner Mutter vergleichen und ihr Kochtipps geben.
Sechstens: einen versauten Witz, den Papa früher immer gern erzählt hat, bringen und ihn fragen, warum er darüber nicht mehr lachen könne. (Die

Stimmung ist mittlerweile so eisig, dass man schon fast den Kühlschrank abstellen kann.)

Siebtens: Mike am nächsten Tag vor einem Friseurbesuch sagen, er solle sich die Haare so schön wild wie Tim wachsen lassen, das wirke männlich und verwegen und werde ihm bestimmt auch gut stehen. (Folge: Mike lässt sich die Haare ratzekahl abschneiden, sieht aus wie ein Fascho, gefällt sich selbst nicht mehr und schließt sich zwei Tage schmollend in seinem Zimmer ein.)

Achtens: Mike, als er sich wieder vor die Tür traut, vorschwärmen, wie toll Tim ist. (Folge: Mike verkriecht sich von neuem und verkracht sich am Telefon mit Tim.)

Neuntens: endlich Mikes Rochen abhängen und im Klo abspülen und dann erfahren, dass der noch von seinem Vater war und dass er an diesem Drecksfeudel genauso gehangen hat wie ich an meinem Schmusekissen. (Ich schäme mich und entschuldige mich hunderttausend Mal.)

Zehntens: Mike eine Freude machen wollen und ihm daher erzählen, dass Alina in ihn verliebt sei und heute Nachmittag zu mir zu Besuch käme. (Mike beschwert sich bei Cordula, ich würde sein Leben zerstören.)

Elftens: auf der Suche nach Doktor Fritz in Papas und

Cordulas Schlafzimmer platzen und die beiden Erwachsenen im Bett vorfinden. Und Doktor Fritz im Kleiderschrank, ebenfalls nicht allein. Papa schreit: »Verschwinde aus dem Schlafzimmer!« Cordula kann noch lauter schreien als Papa: »Warum hat mir keiner gesagt, dass das Biest trächtig ist?« Da packt Doktor Fritz ihre Jungen im Nacken und wir verlassen fluchtartig das Zimmer.

12. Juli

Zwölf Fehltritte, die sehr ungesund sind:
Erstens: ein Tritt von Papas Quadratlatschen auf das zarte Pfötchen eines Kätzchens.
Zweitens: ein Fehltritt, wie er im Buche steht: Das Kätzchen strullt vor lauter Schreck ein paar gelbe Tröpfchen auf Cordulas cremefarbenen Wohnzimmerteppich.
Drittens: ein Tritt in die Tröpfchen: Cordula, soeben mit sauberen Socken in die Pfütze getappt, ergreift einen Hausschuh und schleudert ihn auf das Kätzchen.
Viertens: ein verbaler Tritt in den Hintern: »Spinnst du?«, brüllt Papa. »Das Tier versteht doch gar nicht, was es gemacht hat!«
Fünftens: noch ein Fehltritt: Das Geräusch erschreckt ein anderes Kätzchen, das mit dem vom Couchtisch baumelnden Kabel der venezianischen Glaslampe spielt. Es vollführt einen senkrechten Sprung in die Luft – nicht beachtend, dass das Kabel sich um eins seiner Hinterbeine gewickelt hat und daher die Glaslampe zu Boden reißt.

Sechstens: Das alles ist wie Treten und Trampeln auf Cordulas zartem Nervenkostüm: Sie starrt auf die Scherben und schreit: »Wer spinnt? Ich? Hab ich diese Bande angeschleppt? Überall Katzen, überall Klos, überall Haare, überall Scherben! Weißt du, was die Lampe gekostet hat?! Ein Vermögen! Und ich dachte, wir beide, wir machen es uns hier schön! Ich dachte, du legst dich ins Zeug, du renovierst das Haus, stattdessen wirfst du das Geld mit beiden Händen zum Fenster raus und ruinierst noch meinen Hausrat!«

Siebtens: ein Tritt die Treppe hinunter: »Apropos Hausrat«, meldet sich Mike aus dem Obergeschoss. »Die da«, er zeigt auf mich, »hat heimlich an meinem Computer rumgespielt und ihn kaputtgemacht. Ich brauch einen neuen, Mama.«

»Das stimmt doch gar nicht!«, verteidige ich mich, dränge mich an Mike vorbei und eile in sein Zimmer. »Jetzt zeig mir mal bitte, was ich da kaputtgemacht haben soll!« Mike folgt mir. »Da!«, sagt er und zeigt auf seinen flackernden Bildschirm.

Achtens: ein zu schwacher Tritt gegen eine Tür: In seiner Rage hat Mike die Zimmertür nicht richtig geschlossen. Jackpot, wie so oft frei laufend, schaut mal nach, was draußen so los ist.

Neuntens: ein Treten, Beißen, Kratzen, Fauchen.

Jackpot ist auf unser drittes Kätzchen gestoßen. Das nutzt die Gelegenheit, um schon mal das Beutemachen zu üben. Jackpot überlebt schwer verletzt und wird zur Erholung in seinen Käfig gesetzt.

Zehntens: ein schmerzhafter Tritt gegen mein Schienbein: Mike scheint mit meinem Papa verwandt zu sein. Auch er hasst es, wenn unschuldige Tiere leiden. Dafür stürzt er sich jetzt auf mich, und zwar so heftig, dass ich laut »Au! Hilfe!« schreie.

»Konntest du nicht aufpassen? Warum hast du nichts gesagt?«, brüllt er mich an. »Ich dachte, die Katzen seien alle unten!«

Elftens: ein Tritt die Treppen hinauf: Das wiederum hört und sieht Tim, der kommt, um Mike zum Fußball abzuholen. »Mann, hast du sie noch alle?«, fragt er Mike. »Man schlägt keine Mädchen!«

Zwölftens: und ein letzter Fehltritt: Als ob Mike das nicht wüsste! Dieser Fauxpas ist ihm so peinlich, dass er mal wieder knallrot wird und nun seine Wut an Tim auslässt: »Ach, du weißt das, ja?«, ruft er und schubst Tim gegen die Wand, der dabei – zufällig und unglücklich – gegen den Tisch mit dem Computer tritt. Da Mike diesen, um ihn auf seinen von mir verschuldeten Defekt zu untersuchen und eventuell zu reparieren, verstellt und halb über die Tischkante hinübergezogen hat, steht der Bildschirm so wackelig, dass Tims Schubser ihn ins Wanken bringt und mit einem furchtbaren Krachen auf den Boden stürzen lässt.

»Mist«, flüstert Tim. »Der ist bestimmt hin. Oh Mike, das wollt ich nicht.«

Mike sagt gar nichts. Er starrt auf den am Boden liegenden Bildschirm, schüttelt dann resigniert den Kopf und wendet sich Jackpot zu, der völlig aufgeregt in seinem Käfig hin und her rennt.

»Keine Angst, Kleiner, wir werfen die beiden Idioten jetzt aus unserem Zimmer raus, dann haben wir unsere Ruhe.«

»Mike, es war keine Absicht! Holgi hat noch einen alten Bildschirm, den kannst du bestimmt haben, und ich kopier dir auch die Spiele, die du haben wolltest, und . . .!«

»Lass mich in Ruhe!«, sagt Mike sauer.

Tim macht eine hilflose Geste und ich versuche Mike zu beschwichtigen. »Es war ein Versehen, das kann jedem mal passieren.«

»Es wäre aber nicht passiert, wenn du nicht heimlich an meinem Computer rumgespielt hättest!«, schreit Mike aufgebracht und funkelt mich wütend an.

»Raus! Haut ab! Alle beide! Lasst mich endlich in Ruhe!«

13. Juli

Dreizehn Unglücksvorzeichen, die den abergläubischen Mike völlig aus der Fassung bringen können:

Erstens: Es ist Freitag der Dreizehnte.

Zweitens: Eine schwarze Katze kreuzt seinen Weg.

Drittens: Die Katze kommt zudem von links, was nichts Gutes verheißt, und springt dann auf Mikes Bett.

Viertens: Mike, der keine Katze in seinem Bett haben will, scheucht diese heraus und tritt dabei unglückseligerweise mit dem falschen Fuß zuerst aus dem Bett, knickt um, spürt den Schmerz im Knöchel und erinnert sich in dem Augenblick an

Fünftens: beim letzten Gespräch über seine Gesundheit nicht auf Holz geklopft zu haben.

Sechstens: in seinem Horoskop heute Morgen von einer schweren Krankheit gelesen zu haben.

Siebtens: schon in der ersten Nacht in diesem Haus von schlechten Zeiten geträumt zu haben.

Achtens: vergessen zu haben vor der Silvesternacht die Wäsche auf dem Oberboden von der Leine zu

nehmen, worum Cordula ihn doch dringend gebeten hatte.
Neuntens: sein Hufeisen verkehrt herum an die Wand gehängt zu haben, nämlich so, dass alles Glück herausfällt.
Zehntens: einen Spiegel zerdeppert zu haben, was üble Folgen für das persönliche Schicksal haben soll.
Elftens: in der Nacht zum zweiten Mal ein Käuzchen schreien gehört zu haben, was stets den Tod ankündigt.
Zwölftens: sowieso unter einer viel zu kurzen Lebenslinie in der Handinnenfläche zu leiden und:
Dreizehntens: zu allem Unglück auch noch seinen Glücksbringer verloren zu haben.
»Du spinnst ja!«, erwidere ich und stelle ihm eine Tasse heiße Zitrone auf das Tischchen neben seinem Bett. »Du hast 'ne ganz normale Grippe! Hey, wer wird denn heute noch abergläubisch sein! Die Dreizehn bringt Glück! Ab Morgen geht's wieder bergauf, das wirst du schon sehen!«
Mike grunzt irgendwas Unverständliches und verkriecht sich unter der Bettdecke. Sein Kopf ist rot, das Haar verschwitzt und er hustet wie ein Weltmeister. Fieber hat er auch, das hab ich ihm vorhin gemessen. Mist! Jetzt hat er mich mit seinem

dummen Gerede von Vorsehung und schicksalshafter Krankheit ganz verunsichert. Ich mache mir glatt Sorgen um ihn und bin längst nicht mehr glücklich, dass Cordula und Papa übers Wochenende zu einer Taufe nach Süddeutschland gefahren sind. Die sturmfreie Bude kann ich mit einem Kranken im Haus ja sowieso nicht nutzen. Ich knete an meiner Lippe, bleibe vor Mikes Bett stehen. Er nimmt mich nicht wahr, schnauft und röchelt manchmal und hat die Augen geschlossen. Mein Blick wandert über die doppelten Decken auf seinem Bett hinüber zum beschädigten Computerbildschirm und Grund für die Erkältung.
»Kann ich noch was für dich tun?«, frage ich mit schlechtem Gewissen.
»Nein.«
»Du musst die heiße Zitrone aber auch trinken, die ich dir gemacht habe. Kalt wirkt sie nicht.«
»Oh, ey, nerv nicht!« Mike richtet sich auf, das Gesicht rot und von den Kissen zerdrückt. »Was glotzt du mich so an?«, fragt er, während er mit winzigen Schlucken die Medizin schlürft.
»Ich hab dir extra deine Lieblingstasse gebracht«, sage ich.
»Hmmm.«
»Und ich wollte dir noch mal sagen, dass mir das

alles Leid tut, mit dem Computer, mit dem Ärger, den
du mit mir hast, und so . . .«
Mike stöhnt, stellt die Tasse ab, kneift die Augen zu.
»Ich kann gut verstehen, dass du sauer auf mich
bist.«
»Nein, bin ich doch gar nicht! Ich hab nur tierische
Kopfschmerzen!«
»Soll ich mal in die Apotheke gehen?«
Er antwortet nicht, lässt sich in die Kissen
zurückfallen.
»Ich geh mal«, sage ich und stehe auf.
Ich laufe schnell, schaffe es, knapp vor
Ladenschluss noch ein paar Lutschtabletten,
Halsbonbons, Kräutertees und Kopfschmerzmittel
zu bekommen, hole sogar noch ein paar Zitronen
und eine Flasche Multivitaminsaft und im
Buchladen einen Krimi und eine Zeitschrift. Das
Buch lasse ich als Geschenk einpacken, so viel Zeit
muss sein. Stolz über meine Einkäufe fange ich auf
dem Rückweg fröhlich an zu hüpfen. Ich werde alles
wieder gutmachen. Ich werde mich so um Mike
kümmern, dass er mich einfach mögen muss. Ich
werde ihn gesund pflegen und dann sind bald
Ferien, wir fahren in den Urlaub . . . Auf einmal bin
ich guten Mutes. Die Luft riecht gut und wie frisch
gewaschen. Die Steine auf dem Weg trocknen

bereits, es wird bereits wieder wärmer und im Kirschbaum singt eine Amsel. Als ich die Tür zu unserem Haus aufschließe, tollen mir meine süßen Katzen entgegen und schnurren mir um die Beine. Ich füttere sie, koche Mike einen Tee, schütte ihm einen Saft ein, stelle die Getränke samt Medizin und Geschenken auf ein Tablett und trage es nach oben. Mike schläft. Ich lasse ihn und husche leise wieder aus dem Zimmer. Kaum habe ich die Tür geschlossen, klingelt das Telefon: meine Mutter. Wir hatten verabredet, dass sie anruft, wenn Papa und Cordula in Süddeutschland sind. Ich kuschele mich mit dem Telefon auf einem Sessel im Wohnzimmer zusammen, nehme ein Kätzchen auf den Schoß und erzähle Mama von unseren Tiererlebnissen.

»Und wie geht's dir sonst so?«, fragt sie gerade, als Mike ins Wohnzimmer kommt. Das Klingeln des Telefons muss ihn geweckt haben.

»Geht so«, sage ich ausweichend und wende mich dann kurz an Mike: »Ist für mich.«

Er nickt, macht aber keine Anstalten, wieder zu verschwinden, sondern kauert sich in den Sessel mir gegenüber und schlägt die Beine unter.

»Erzähl doch mal«, fordert mich meine Mutter auf, »oder kannst du gerade nicht reden?«

»Nein, ja, doch. Mit der neuen Schule habe ich Glück gehabt, das hab ich dir ja schon erzählt, aber hier im Haus . . . na ja . . .«

»Du kommst mit Cordula nicht klar«, stellt meine Mutter fest.

»Hmmm, nöööö«, mache ich.

»Mit dem Jungen?«, fragt sie erstaunt.

Ich werfe einen Blick zu Mike herüber. Er betrachtet mich aufmerksam und nachdenklich, fast so, als habe er die Frage meiner Mutter auch gehört und warte jetzt gespannt auf die Antwort.

»Na ja, mal sehen«, sage ich und sage eigentlich nichts, was sowohl meine Mutter als auch Mike merken, denn sie schlägt mir vor ein anderes Mal weiterzureden und er senkt den Kopf und pult Brotkrümel aus den Ritzen des Ledersessels.

»Also, bis dann, Meike, mach's gut, mein Schätzchen, ja? Und ruf mich immer an, wenn dir danach ist, ja?«

»Ja, ja. Tschau, Mama.«

Ich schalte das Telefon aus, mein Blick trifft Mikes.

»Danke für das Geschenk«, krächzt er heiser.

Ich nicke. »Gern geschehen.«

»Willst du eigentlich immer noch zurück nach Hannover?«

»Sicher.«

»Hm. Versteh ich.« Er hat wieder einen Krümel gefunden und schnipst ihn über den Couchtisch zu mir herüber.
»Hey!«, sage ich, beuge mich vor und puste den Krümel geschickt wieder in seine Richtung. Mike lächelt, will es mir nachtun, bekommt aber einen Hustenanfall.
»Du solltest lieber wieder ins Bett gehen.«
»Gleich.« Er zieht die Wolldecke vom Sofa, wickelt sich darin ein. »Wollen wir zusammen einen Film gucken?«, fragt er.

15. Juli, abends

Sechs Einsichten, die ich als Mädchen auf der Geburtstagsparty eines Jungen* (Holgi) gewinnen kann:
Erstens: niemals einem frisch gebackenen Fünfzehnjährigen einen Kuchen mit brennenden Kerzen überreichen. Der ist von mir und kommt lange nicht so gut an wie Alinas, auf dem statt fünfzehn Kerzen fünfzehn farbenfrohe Kondome prangen. Der Spruch »Ausblasen« macht den Gästen dabei auch doppelt so viel Freude, das steht fest.
Zweitens: niemals mit einem Schwipps noch Dart spielen.
Drittens: niemals allen angeheiterten Anwesenden verkünden, was geschehen muss, damit man die rosafarbene Häkelmütze abnimmt. Ich werde schneller verkuppelt, als mir lieb ist, wenn auch an den, der mir ganz lieb ist, nämlich Tim.
Viertens: niemals frisch geküsst und endlich barhäuptig sich mit Tim zusammen in mehrere Rollen Klopapier einwickeln lassen: Das ist so albern, da hätte ich meine Mütze auch gleich auflassen können.

Fünftens: niemals wetten, Glühwürmchen seien grüne, durch Luft fliegende Raupen: Man verliert hundertprozentig. Eins eingefangen, weiß man, dass sie im hellen Zustand eher wie Fliegen aussehen. Meine Wettschulden sind Ehrenschulden: Noch mehr Küsse von und für Tim, draußen vor Holgis Gartenlaube, in der die Party tobt.
Sechstens: endlich was wirklich Entscheidendes: niemals sich ein Bild von jemandem machen, den man kaum kennt. Es könnte total falsch sein.
Während Tim und ich auf einer Bank vor der Laube dicht an dicht zusammensitzen, frage ich ihn nach Mike aus, der an diesem Abend immer noch mit seiner Bronchitis im Bett liegt.
»Wie konntest du annehmen, dass Mike etwas gegen dich hat?«, murmelt Tim ungläubig. »Er ist chronisch schüchtern, das ist alles. Der muss immer erst auftauen. Erst recht bei einem Mädchen. Da kann er nicht locker sein, schon weil ihn diese Idioten letztes Jahr noch so aufgezogen haben!«
»Wieso? Was war denn da?«
»Ach!« Tim winkt ab. »Ärger eben. Ein paar Typen aus unserer Klasse haben sich ihn als Prügelknaben ausgesucht. Er hatte echt die Arschkarte gezogen. Die haben ihn voll schikaniert. Ein Mädel war auch dabei. Und in die war er zuerst sogar verknallt

gewesen. Das hat ihm wohl doppelt weh getan, dass die bei den Gemeinheiten mitgemacht hat.«
»Kenn ich die?«
»Die meisten sind nicht mehr bei uns in der Klasse. Wir wurden ja in der Siebten neu zusammengewürfelt. Zwei von denen sind auch sitzen geblieben oder abgegangen . . .«
»Und jetzt?«
»Nichts. Manchmal macht noch mal einer 'nen schlechten Witz. So ein Loser-Image klebt ja an einem dran. Ich glaub, Mike hat auch unheimlich Schiss, dass das irgendwann mal wieder losgehen könnte.«
»Was haben die denn mit ihm gemacht?!«, frage ich leise.
»Ach, das sind alte Geschichten. Mike wär's sicher nicht recht, wenn ich sie dir erzähl.«
Er sucht mit seinen Lippen meine, schmeckt nach Bier und Cola und Schokokuchen, schmeckt gar nicht so schlecht und doch sind meine Gedanken nur bei Mike.
»Bitte, ich muss es wissen!«, drängle ich.
»Du bist ganz schön hartnäckig!« Tim seufzt, stützt den Kopf in die Hände, reibt sich übers Gesicht.
»Was werden die wohl gemacht haben, hm? Ihn fertig gemacht eben! Lügen über ihn erzählt.

Stinkbomben auf seine Kleidung geworfen, während er in der Sporthalle war. Einmal musste er in den versifften Klamotten den ganzen Tag rumlaufen ... kannst du dir vielleicht vorstellen, wie das ist!«

Ich schweige. Das hätte ich nicht gedacht. »Wieso gerade er?«

»Nur so. Gab keinen Grund. Er war nicht gut drauf in der Zeit, konnte sich nicht wehren. Wegen der Trennung von seinem Vater oder was weiß ich. Jedenfalls haben sie sich ihn rausgepickt. Nur gut, dass Holgi, Marvin und ich die ganze Zeit zu ihm gehalten haben. Das hat immerhin so viel genützt, dass sie irgendwann aufgehört haben.«

»Ihr seid beste Freunde, was?«

»Kann man so sagen.« Tim grinst.

15. Juli, nachts

Fünf Fragen, auf die ich keine Antwort weiß:
Erstens: Warum müssen unsere Eltern eigentlich anbauen? Überall stehen Kisten im Flur, gegen die ich in der Dunkelheit laufe und die einen Heidenlärm verursachen. Gleich werden Cordula und Papa wach werden und mich ausschimpfen, weil ich nach elf heimgekommen bin.
Zweitens: Wer hat meinen leckeren Erdbeerjogurt aufgegessen? Auf den hätte ich jetzt noch richtig Appetit gehabt!
Drittens: Warum sind Katzenklos eigentlich immer dann voll, wenn ich keine Lust habe, sie sauber zu machen? Jetzt muss ich mitten in der Nacht auch noch einen neuen Sack Streu aus dem Keller raufschleppen.
Viertens: Wieso sammeln sich Stechmücken eigentlich immer mit Vorliebe in *meinem* Zimmer?
Fünftens: Warum ist Mike eigentlich noch wach?
»Das kannst du dir wohl denken!«, antwortet er auf meine Frage, tritt in mein Zimmer, nimmt mir das Buch, mit dem ich auf die Mücken eingedroschen

habe, aus der Hand und schüttelt den Kopf. »Du machst so viel Lärm wie eine ganze Elefantenherde!«
»Tschuldigung«, sage ich kleinlaut.
Mike lächelt. »Schon gut. Ich hab sowieso nicht gut geschlafen.« Dann setzt er sich auf mein Bett und kramt ein Hustenbonbon aus seiner Schlafanzugtasche. »Auch eins?«
Ich schüttele den Kopf, bin etwas irritiert wegen seiner Anwesenheit. Er aber scheint beinahe auf mein Heimkommen gewartet zu haben. »Erzähl mal von der Party!«, fordert er mich auf. »Ich wär gern mitgekommen.«
Ich setze mich neben ihn und rede von Alinas ausgefallenem Geschenk, Johannas neuer Haarfarbe, Katies neuem Freund, Marvins Spielereien mit den Grillwürstchen, der allgemeinen Übelkeit nach Holgis selbst gemixten Cocktails, dem Klorollen-Scherz. Mike hört zu, lacht, lehnt sich gemütlich in die Kissen, wobei sein Arm zufällig meine Schultern berührt. Er scheint sich wirklich wohl zu fühlen und meine Anwesenheit zu mögen. Daher zögere ich den Moment, in dem ich ihm von Tim und mir erzählen werde, zunächst hinaus. Zum einen, weil ich mir selbst noch nicht im Klaren darüber bin, ob ich nun wirklich mit Tim gehen will, und zum anderen, weil ich fürchte, dass Mike denken könnte, ich wolle

versuchen ihm seinen besten Freund wegzunehmen. Stattdessen reden wir auf einmal über unsere Eltern, über den Teil, den wir verloren, und jenen, den wir neu gewonnen haben.

»Am besten finde ich deine Oma«, sagt Mike schließlich, »wenn die in den Ferien zu uns kommt, wird's bestimmt wieder lustig.«

»Gut, dass sie hier bleibt, um auf die Katzen aufzupassen, während wir im Urlaub sind. Mit Oma auf dem Campingplatz, das wäre echt interessant.«

»Wenn wir überhaupt wegfahren!«, wirft Mike ein. »Du weißt doch: Der Anbau geht vor!« Er ahmt die Stimme seiner Mutter nach.

»Oh ja!«, stöhne ich. »Wenn wenigstens einer von uns in den Anbau ziehen dürfte, wär's ja okay, dann würden wir uns nicht so auf der Pelle hocken, aber nein, den Anbau wollen unsere Eltern ja selbstverständlich für sich haben.«

»Na ja, so sehr hocken wir uns auch nicht auf der Pelle«, sagt Mike und zwinkert ein bisschen mit den Augen. »Meinetwegen darfst du jedenfalls bleiben«, fügt er hinzu.

»Och, wie nett!«, rufe ich ironisch und einen Moment fürchte ich, die Stimmung würde umkippen, er würde wieder eingeschnappt sein, aber ich irre mich, er lacht und nimmt mich sogar in die Arme. »Wie gesagt, mein Angebot vom ersten Tag steht immer noch: Du kannst meine Decke haben!«

»Eine alte Decke, hast du gesagt«, entgegne ich und spüre, wie mir in seiner Umarmung schwindelig wird, Meike, was ist heute mit dir los, erst knutschst du mit Tim herum und dann gibt's plötzlich diese Nähe mit Mike. Das kann nicht gut gehen! Das ist zu schnell und zu viel!

Mike lehnt seinen Kopf an meinen. »Es tut mir Leid, wenn ich so abweisend zu dir war, es ist ja schließlich nicht so einfach, wenn man . . .« Er spricht den Satz nicht weiter und ich dränge ihn auch nicht dazu, ich kann mir vorstellen, dass es nicht einfach ist, plötzlich eine gleichaltrige Schweser mit einer ziemlich großen Klappe zu bekommen.

»Hey, das sehe ich ja jetzt erst! Ich wundere mich die ganze Zeit, warum du so nett aussiehst! Du hast ja gar nicht deine scheußliche Mütze auf! Hast du sie etwa verloren?« Mike strahlt mich an. »Sag nicht, du hast sie noch! Bitte nicht!«

»Nein, ich hab sie nicht mehr.«

»Gott sei Dank!«

»Wir haben sie feierlich weggeworfen«, füge ich ehrlich hinzu und kann die Sekunden buchstäblich zählen, die Mike braucht, um zu kapieren.

»Du meinst, es hat dich . . . es hat dich jemand geküsst?«

»Ja.«

Er atmet hörbar aus, hustet dann los, wie um zu vertuschen, dass es ihn interessiert, ihm vielleicht sogar etwas bedeutet. »Wer?«, höre ich ihn fragen.

»Tim.«

»Ah. Einfach nur so als Gag oder . . . oder mehr so, wie du gesagt hast?«

»Was hab ich denn gesagt?«

»Das weißt du doch noch genau.« Mike steht vom Bett auf.

»Ich mag ihn«, antworte ich leise, »und ich wünschte mir, wir beide würden uns auch endlich ein bisschen mögen.«

Mike beißt die Zähne aufeinander, blickt zum Fenster hinüber. »Wusstest du eigentlich, dass deine Katze auf dem Dach rumturnt?«, fragt er plötzlich.

Ich springe auf. »Doktor Fritz!«, rufe ich und öffne das Fenster, »du sollst dich um deine Familie kümmern und nicht draußen herumzustreunen!«

Sie maunzt, ich streichele sie und hebe sie sanft vom Schreibtisch herunter. Dann drehe ich mich nach Mike um, aber er ist gegangen.

20. Juli, 1. Ferientag

Vier Antworten auf Fragen, die ich nicht gestellt habe:
Erstens: »Wenn du's wissen willst, mir ist es egal, ob deine Oma mit den Katzen zurechtkommt. Ich bin froh, dass wir zwei von ihnen noch vorm Urlaub verschenken konnten, ich weine denen keine Träne nach. Selbst wenn wir sie nicht in gute Hände abgegeben hätten, wäre ich froh gewesen. Hauptsache: Mein Haus ist jetzt wieder ein bisschen, ich betone, *ein bisschen* ruhiger geworden!«, klärt mich Cordula auf, als wir in die Hauptstraße einbiegen und meine winkende Oma aus unserem Blickfeld verschwunden ist.
Zweitens: »Das ist ja auch der Grund, weshalb wir uns für ein paar Tage Urlaub nehmen«, sagt mein Vater und wendet sich dabei mir zu, um mir mit den Augen zu signalisieren, dass ich bloß nicht auf Cordulas Worte reagieren soll, »weil wir alle vier ein bisschen Ruhe brauchen. Wir sind alle sehr gestresst. Da muss der Anbau eben warten!«
Drittens – wir sind mittlerweile eine gute Stunde unterwegs und haben nach dem seltsamen

Eingangsdialog unserer Eltern genau wie diese geschwiegen – »Ach, Meike, es interessiert dich bestimmt«, Mike nimmt seine Kopfhörer ab und beugt sich zu mir rüber, »Tim ist schon mit vielen Mädchen gegangen, das hat bei keiner länger als zwei Wochen gedauert, und wenn wir jetzt noch in den Urlaub fahren...«

Viertens: »Ach, Meike, Maus, willst du wissen, ob er dir treu ist? Das weiß man nie. Manchmal fängt alles so gut an und dann ist es plötzlich zu Ende und man weiß gar nicht, warum«, sagt mein Vater sehr ernst und ich weiß ehrlich gesagt gar nicht, warum er mir das erzählt. Ich bin keineswegs traurig, dass wir in den Urlaub fahren und ich Tim nicht sehe, so richtig bin ich doch gar nicht mit ihm zusammen. Gut, einmal waren wir mit den anderen im Kino und haben dabei die ganze Zeit Händchen gehalten. Einmal waren wir auf der Sommerkirmes und haben uns im Karussell geküsst. Ja, er ist nett und süß, aber es ist eben nur Spaß wie damals mit Giancarlo im Italienurlaub. Dorthin fahren wir diesmal übrigens nicht. Cordula meint, wir müssten sparen und dürften nicht so viel kostbare Zeit verplempern: wegen des Anbaus! Also geht's »nur« an die Nordsee nach Holland, auf einen Campingplatz direkt hinter den Dünen, vier

Personen, zwei Zelte. Ich blicke verstohlen zu Mike hinüber. Als Papa ihm gestern verkündet hat, dass er mit mir zusammen in einem Zelt schlafen müsse, hat er natürlich sofort protestiert. Aber ich fand, es war nicht so heftig, wie ich gefürchtet hatte. Er ist zwar wütend aufgesprungen und nach oben gelaufen, aber später, als unsere Eltern sich zurückgezogen hatten, zu mir gekommen, um ganz locker und freundlich zu fragen, was wir gemeinsam einpacken sollen. Jetzt hat er den Kopf an die Scheibe gelehnt, die Augen geschlossen und lauscht der Musik aus seinen Ohrstöpseln. Hinter ihm sehe ich die Leitplanken der Autobahn vorbeirauschen und erinnere mich an unseren Umzugstag, den Diebstahl, das aufgeregte Gefühl im Bauch, als wir schließlich ankamen. Wie lange das her ist!

Mittlerweile kommt es mir vor, als würde ich Mike und Cordula schon ewig kennen. Seit Mikes Grippe haben wir beide uns gut verstanden, oft abends miteinander gequatscht und uns über Neuigkeiten aus Klasse und Clique unterhalten.

»Hm?« Mike muss bemerkt haben, dass ich ihn anschaue, er öffnet die Augen. »Sind wir da?«

Ich schüttele den Kopf. »Noch nicht. Schlaf weiter.«

»Ich hab nicht geschlafen.« Er reicht mir einen seiner

Ohrstöpsel. »Willst mal hören? Hab ich neu. Ist ganz gut.«
»Ja. Danke.« Ich lasse die Bässe auf mich einwummern, bewege meinen Kopf übertrieben rhythmisch mit.
Mike grinst. »Voll fett, was?«
»Jau, Alter, echt fett, ey«, sage ich mit verstellter, prolliger Stimme und da müssen wir beide lachen.
»Na«, sagt mein Vater von vorn und wirft einen Blick in den Rückspiegel, »ihr versteht euch ja doch einigermaßen. Da müssen wir wenigstens nicht befürchten, dass ihr euch gegenseitig aus dem Zelt ekelt!«
»Wenn sie wieder so einen Lachanfall bekommt wie gestern Abend, setze ich sie sofort an die Luft!«, droht Mike und hebt zum Spaß die Faust.
»Wenn er mir das Zelt nicht richtig aufbaut und nicht ganz brav ist, darf er sowieso nicht rein«, sage ich, »es ist nämlich mein Zelt!« Dazu zeige ich Mike die Zähne.
»Bäh, bäh, bäh. Dann lass ich dir aber auch die Luft aus deinen Schwimmflossen!«, gibt er zurück und knufft mich in die Seite.
»Schwimmflossen? Ich? Ich bin Leistungsschwimmerin!«
»Ja, im Plantschbecken!«

»Oh warte, das kriegst du zurück!«

»Hey!«, ruft mein Vater, als bei uns die Rangelei losgeht, »wir sind auf der Autobahn! Hört sofort auf!«

»Du sollst aufhören, hast du gehört?«, ruft Mike und kitzelt mich an den Seiten.

»Ey, lass mich los!«

Ich versuche mich aus seinem Griff zu winden, aber er lässt nicht locker, hält mich mit einem Arm im Schwitzkasten und kitzelt mich mit dem anderen, so lange, bis Cordula dazwischenfunkt: »Mike, jetzt ist aber Schluss! Austoben kannst du dich heute Abend am Strand!«

Mike lässt mich los und wir sehen uns an, rotgesichtig und mit funkelnden Augen. Man könnte annehmen, es sei Wut, die da funkele, aber das glaube ich eigentlich nicht.

»Okay, Meike, toben wir heute Abend weiter.«

»Kannst du eigentlich surfen?«, frage ich.

»Bisher noch nicht.«

»Dann wirst du wohl ganz schön viel Wasser schlucken.«

»Willst du mich etwa döppen?«

»Mal gucken . . .« Unsere Blicke sind immer noch ineinander verfangen. Unsere Finger liegen nebeneinander auf der Rückbank, Millimeter entfernt.

»Wirst du deinem Tim denn jeden Tag eine Postkarte schreiben?«, fragt Cordula plötzlich, und das ist weder eine Frage, die ich gestellt bekommen möchte, noch eine, auf die ich jetzt eine Antwort wüsste. Und es ist schon gar keine, die Mike gerade hören wollte. Er räuspert sich, greift nach seinen Kopfhörern und dreht die Lautstärke auf Maximum.

21. Juli, 8 Uhr 14

Drei Weisheiten, die mir der Campingurlaub vermittelt:
Erstens: Die Wohnsituation eines Menschen trägt viel mehr zu dessen Wohlbefinden bei, als man allgemein denkt. Wird ein Anbau gewünscht, gibt's ständig Diskussionen. Wird man mit einem fremden Jungen holterdiepolter in einem winzigen Dachgeschoss zusammengepfercht, gibt's erst mal Akklimatisierungsprobleme. Wird man als Jugendlicher gar in ein Zelt gesteckt, kann man gar nicht mehr ruhig schlafen. Wirklich, unsere Vorfahren wussten schon, warum sie ihre Behausungen aus Holz und Stein statt aus Plastik und Leintuch errichteten. In dieser Herrgottsfrühe hört man auf dem nur mittelmäßig besuchten Zeltplatz nicht nur Säuglinge schreien, Mütter schimpfen, Hunde bellen, Geschirr klappern, Klospülungen rauschen, Kettenraucher husten, Kassettenrekorder plärren, Kinder Blockflöte üben, Handys klingeln, sondern auch letzte, noch nicht ausgestorbene Vögel singen und letzte, noch nicht

aufgescheuchte Liebespaare sexy flüstern.
Ausschlafen ade!
Zweitens: Die Abwesenheit von Schule, Hausarbeit und Alltagsmüll gibt einem selbst auf einem Campingplatz das Gefühl von Freiheit. Als Mike und ich gestern barfuß durch den Sand auf das Meer zurannten und er als Erster ankam und »Gewonnen!« schrie, glaubte ich genauso gewonnen zu haben: das Schreien der Möwen, das Rauschen der Brandung, das Lachen meines ... tjaa ... Bruders?, Freundes?, Mitbewohners? ... na eben das von Mike.
Drittens: Wenn ein Junge einem Mädchen beim Aufwachen sagt »Deine Haare kitzeln in meinem Ohr«, dann ist damit sehr viel mehr gemeint als die Tatsache, dass es eng im Zelt ist. Denn sein Folgesatz »Nööööö, du brauchtest dich nicht wegzudrehen« verrät, auch wenn er gelangweilt und unbeteiligt klingen soll, dass Mike das Haarekitzeln schön fand und das wiederum heißt ... dass ich jetzt lieber aufstehe.
»Echt, gehst du schon raus?« Mike richtet sich auf, soweit es sein Schlafsack zulässt, und reibt sich den Schlaf aus den Augen.
»Klar. Waschen, frühstücken, surfen.«
»Uff.« Er lässt sich schlapp zurückfallen. »Sport ist Mord. Lieber surf ich im Internet.«

»Komm, stell dich nicht so an!« Ich kitzele ihn an seinen Füßen, und da diese noch im Schlafsack feststecken, kann er sich schlecht wehren und rollt hilflos hin und her.

»Lass das! Ich hab schlecht geschlafen! Du hast die Luftmatratze nicht richtig aufgepumpt und außerdem steht das Zelt schief, ich bin immer in so eine Kuhle gerutscht!«

»Jammer nicht, Schlappi«, sage ich und richte mich auf. »Ach, guten Morgen, Papa, auch schon wach?«

»Hab gerade Brötchen geholt.«

»Gut!«

»Geht's mit euch? Oder«, mein Vater senkt die Stimme, »sollen wir noch ein drittes Zelt kaufen?«

Ich schüttele den Kopf. »Nein. Alles bestens.«

»Aha. Sieh an. Und wir haben uns schon Sorgen gemacht. Ja, freut mich.«

Ich nicke. »Ich geh jetzt duschen«, sage ich, als Mike auch langsam aus unserer Behausung herauskriecht.

»Warte auf mich! Wir haben nur ein Shampoo mit!«

»Wieso hast du keins eingepackt? Dann hast du Pech! Ladies first!«

»Das wollen wir doch mal sehen!«, ruft er, rennt hinter mir her und verfolgt mich bis zum Damenwaschbereich, in den ich kreischend flüchte.

»Aber beeil dich!«, ruft er von draußen und ich

nehme den Klang seiner Stimme mit, die kein bisschen ärgerlich ist, nur übermütig, nichts sonst. Unter dem kalten Wasser werden meine Lebensgeister dann so richtig wach. Ein wunderbarer Tag liegt vor mir: surfen bis zum Sonnenuntergang, zwischendurch ein Fischbrötchen essen und mit Mike klönen. Der wartet auch brav vor den Waschräumen, schaut auf meine nassen, wild in alle Richtungen hängenden Haare und sagt: »Am Zelt ist Zoff. Mama hat das Kaffeepulver zu Hause vergessen, Hermann hat hier welches gekauft, aber anscheinend das falsche, daraufhin war sie sauer, er wollte aber nicht noch mal gehen, sondern uns zum Frühstück ins Café einladen...«
»Und darauf hat deine Mama bestimmt gesagt, wie teuer das ist...«
»Genau.«
»Ich glaub, Mike, die sind wirklich gestresst. Am besten, wir lassen sie mal ganz in Ruhe, dann beruhigen sie sich schneller wieder.«
Mike nickt. »Würd ich auch sagen.« Dann tritt er einen Schritt auf mich zu und nimmt eine der nassen Haarsträhnen zwischen seine Finger. »Die war das, die mich heute Morgen im Ohr gekitzelt hat.«
Hier bin ich nun wieder bei meiner eingangs genannten dritten Weisheit angelangt: Also noch

mal: Wenn ein Junge einem Mädchen sagt: »Deine Haare kitzeln in meinem Ohr«, dann heißt das ganz bestimmt nicht, dass dieses Kitzeln ein unangenehmes Gefühl ist oder dass das Mädchen sich gar von dem Jungen abwenden soll.

23. Juli, 21 Uhr

Zwei Schritte, die dem ganzen Leben eine neue Richtung geben können:
Erstens: ein Schritt auf eine Tanzfläche:
»Sollen wir auch?« Ich gebe Mike ein Zeichen mit dem Kopf zu den Tanzenden hin. Der halbe Campingplatz rockt in einer Openairdisco direkt am Strand. Die Nacht ist sternenklar und die Wellen wetteifern in ihrem Heranrollen mit der Kraft der Boxen. Mike und ich stehen an einer aus Brettern gezimmerten Bartheke, trinken Cola und quatschen ab und zu mit ein paar anderen deutschen Jugendlichen, die ebenfalls hier campen.
»Was ist? Ich tanz jetzt!« Ich schiebe mich von dem Barhocker herunter. Heute habe ich zu viel Sonne auf den Kopf bekommen, denn Mike und ich waren die ganze Zeit im Wasser. Kein Wunder, irgendwann packt die Surflust jeden und einen blutigen Anfänger würde ich ihn jetzt schon nicht mehr nennen.
Außerdem ist mir der Rotwein von Papa und Cordula zu Kopf gestiegen. Die beiden haben nämlich heute Abend groß gekocht – Spaghetti alla hollandese, ihre

Eigenkreation – und sind dann, als sie erfuhren, dass wir beiden zur Stranddisco wollten, »früh schlafen« gegangen. Das bedeutete, dass die halb volle Flasche noch für uns auf dem Tisch stehen blieb – und jetzt natürlich leer ist.

»Warte auf mich!« Das ist jetzt der eine der beiden Schritte, den ich meine. Da ich schon leicht angesäuselt bin, kriege ich möglicherweise die Reihenfolge nicht mehr so ganz chronologisch zusammen.

»Ich sag dir aber gleich, ich kann nicht gut tanzen!«
»Hauptsache, du kannst gut surfen!«
»Au jau!« Mike torkelt gegen mich, ergreift meine Hände. Dabei müssen wir beide wahnsinnig lachen, wir lachen die Sonne, den Rotwein, die Wellen, die Anpannung der letzten Wochen aus uns heraus und lassen uns von der Musik mitreißen. Discoblitze zeichnen Mikes Gesicht schneeweiß, feuerrot und ultraviolett. Sie verzögern und verzerren das Abbild seiner Bewegungen. Sie machen ihn für mich zu einem Fremden, einem attraktiven Jungen, einem, der nicht der aufgezwungene Mitbewohner und angeheiratete Bruder ist. Sondern zu einem, den ich mögen kann, ohne dabei an Papa, Cordula, Umzug, Scheidung, Krise, Anbau etc. zu denken. Ich stelle mir vor, ich hätte Mike gerade erst kennen gelernt. Er

denkt vielleicht ähnlich, er lacht, ergreift meinen Arm und wirbelt mich herum, macht Faxen, wirft sich in coole Posen, imitiert einen Gitarristen, geht auf mich ein, als ich das Spiel mitmache. Dann sind wir erschöpft, wir taumeln von der Bühne herunter in den Sand. Der Strand ist voll von Liebespärchen, der Geruch von Tang und Meer mischt sich mit dem von Pommesfett, Parfüm und Sonnenöl, die Holzbohlen auf den Dünen knirschen unter den vielen Füßen, die Menschen flüstern in den verschiedensten Sprachen und die Mücken finden beste Landeflächen auf meiner vom tief ausgeschnittenen, nabelfreien Top kaum bedeckten Haut.
»Das macht total Laune«, sagt Mike und lässt sich in den Sand fallen. »Obwohl ich voll fertig bin.«
Ich setze mich neben ihn. »Siehst du, so schlimm ist es gar nicht, eine Schwester zu haben«, sage ich, es rutscht mir so raus, ich muss einfach endlich mal drüber sprechen.
»Das hab ich auch nie gesagt.«
»Doooch. *She is not my sister.*«
»Ja, das bist du ja auch nicht!« Mike nimmt zwei Muscheln auf und reibt ihre Zahnleisten aneinander. Es entsteht ein knirschendes Geräusch.
»Urmenschen-Musik«, sagt Mike, hält mir die Muscheln an die Ohren und schabt weiter.

»Das hört sich ja fies an.«

»Yeah, yeah, so war das früher an den Lagerfeuern.«

»Du bist schon wieder albern. Das ist mir gleich am ersten Abend aufgefallen, dass du albern bist.«

Mike legt den Kopf schief. »Das wirst du wohl nie vergessen, was?«

»Nie«, behaupte ich. »Selbst wenn wir zusammen Abi machen, wenn ich zu deiner Hochzeit komme, wenn du Vater wirst und wenn wir gemeinsam in die Familiengruft gelegt werden. Das werd ich nie vergessen.«

Mike schmunzelt, lehnt seinen Kopf an meine Schulter.

So schauen wir auf den Strand, den Himmel und die Wellen und springen erst nach einer Ewigkeit wieder auf, als ein Hit ertönt, den wir beide gut finden.

»Komm, weitertanzen!«, ruft Mike, ergreift meine Hand und zieht mich zurück in den Discobereich.

Dort ist es jetzt noch voller geworden als vorhin. Viele der Jüngeren sind verschwunden, ältere Jugendliche und junge Erwachsene beherrschen das Bild. Motorräder knattern, Bierflaschen zerschellen und ein paar Mädchen, die besonders gut tanzen können und auch besonders wenig Kleidung tragen, bilden den Mittelpunkt der Tanzenden.

In dem Gewühl verlieren Mike und ich uns fast aus den

Augen. Mal wird der eine abgedrängt, dann der andere. Doch erst, als ich von zwei Typen vorn und hinten umtanzt und umkreist werde, fällt es mir wirklich auf, dass Mike nicht mehr in meiner Nähe ist.
»Wie heißt du? Sprichst du auch Deutsch? Wo kommst du her?«
»Hannover«, sage ich automatisch, obwohl das ja schon lange nicht mehr stimmt, und wende und drehe mich, um einen Blick zu Mike zu erhaschen.
»Hannover? Echt? Und wie heißt du?« Der eine grinst, nicht total unsympathisch, aber so schleimig, aufdringlich, wie ich's nun gar nicht mag.
»Meike«, antworte ich genauso abgewandt und einsilbig und entdecke endlich Mike, der, nachdem der Song gewechselt hat, zum Rand der Tanzfläche gegangen ist und dort auf mich wartet.
»Ich muss los, tschüss.«
»Hey, Meike, warte doch mal! Willst du was trinken? Wir laden dich ein! Bist du auch hier auf dem Campingplatz?'«
»Ja«, sage ich und ärgere mich im gleichen Moment über mich selbst. Sonst noch was, Meike? Musst du jede Frage brav und ehrlich beantworten? Kannst du nicht einfach sagen: »Zischt ab, ich will meine Ruhe haben?« Oder wenigstens lügen, um sie nicht länger am Hals zu haben?

»Da drüben ist mein Freund, der wartet schon auf mich!«, bringe ich endlich heraus, als der eine mich um die Hüften fasst. »Mann, lass mich los, ich muss jetzt nach Hause!«, rufe ich und reiße mich los.
»Hey, Meike, was ist los?«, fragt der andere und versperrt mir mit ausgebreiteten Armen den Weg.
»Findest du uns nicht nett oder was? Glaubst du, wir laden jedes Mädchen ein, was mit uns zu trinken? Glaubst du, wir sind besoffen, sind wir nicht, Schlucki, oder?!«
»Wenn einer schon Schlucki heißt . . .«, entgegne ich genervt, tauche blitzschnell ab und schlüpfe unter seinem Arm hindurch. Natürlich kriegt er mich doch noch zu fassen, aber als ich aufquieke, steht da endlich Mike. »Könnt ihr mal meine Schwester in Ruhe lassen?!«, sagt er böse.
»Deine Schwester? Wir dachten, sie sei deine Freundin?!«
Schlucki lacht, langt mit seiner Hand in mein Gesicht und zwingt mich so ihn anzusehen.
»Siehst ihm gar nicht ähnlich, Süße!«
»Sie ist meine Schwester und jetzt lasst sie in Ruhe!«, brüllt Mike so laut, dass einige Tanzende schon aufmerksam werden. Dazu tritt er Schlucki mit voller Wucht gegen das Schienbein und ich, geistesgegenwärtig, reiße mich erneut los und

beginne zu rennen. Wir zwängen uns durch die Leute hindurch, hasten die Stufen zum Strand hinunter und rennen durch den tiefen Sand in die Dunkelheit hinein. Hinter uns verblassen die Lichter der Disco, der Meerwind ist wieder zu riechen, Gischt spritzt in mein Gesicht. Es muss ein Sturm aufkommen, denn als wir endlich atemlos an unseren Zelten ankommen, brennen meine Augen vom Sand und meine Wangen sind feucht.
»Mann, was für Arschlöcher!«, schnauft Mike.
»Danke, dass du mir geholfen hast«, keuche ich.
»War doch klar«, sagt er und lächelt ein bisschen.
Unser Dialog muss Papa und Cordula geweckt haben.
»Mike, Meike – alles in Ordnung?«, hören wir sie aus dem Zelt fragen.
»Ja, da waren so doofe Typen, die wollten mich anmachen, aber wir konnten rechtzeitig weglaufen und jetzt ist es okay«, erkläre ich und höre Cordula drinnen aufstöhnen.
»Hermann, hab ich dir nicht gesagt, die Kinder sollten nicht die halbe Nacht unbeaufsichtigt...!«
»Ich weiß, Schatz«, unterbricht Papa sie ungehalten, zirrt den Reißverschluss vom Zelt auf und streckt seinen Kopf heraus. »Aber man ist nun mal nur einmal jung! Und es sind Ferien... Komm mal her, Meike-Maus!«

Ich bücke mich und er strubbelt mir zärtlich durchs Haar, küsst mich auf die Stirn. »Alles in Ordnung?«
»Ich muss nur noch mal zum Waschhaus.«
»Ich geh mit«, sagt Mike.
»Na, dann hast du ja Begleitschutz«, sagt Papa und fügt hinzu: »Morgen sollen wir richtig guten Wind haben. Da lassen wir die beiden Anfänger mal am Strand Burgen bauen, schnappen uns die kleinen Sinker und sausen mal so richtig ab, was?«
»Au ja«, freue ich mich und drücke ihm noch einen Kuss auf die Wange. »Schlaf gut!«
»Ihr auch!«, sagt Papa und verschwindet im Zelt.
Schlafen tun wir dann allerdings noch lange nicht. Beim Waschhaus ist nämlich noch was los. Eine Gruppe Holländer sitzt auf den Bänken des Kinderspielplatzes, singt und wird von einigen Gitarrenspielern begleitet. Der Kiosk ist auch noch geöffnet, dort stehen Leute, schlecken Eis und hören den Musikanten zu.
»Auch noch 'n Eis auf den Schreck?«, fragt Mike.
»Ja, gern.«
Mike kauft zwei Cornetti. Anschließend steigen wir auf das Klettergerüst, essen, hören der Musik zu und wippen ein bisschen im Takt mit.
»Geht's dir wieder besser?«, fragt er nach einer Weile.

»Natürlich. Es ging mir auch gar nicht schlecht.«
Mike rollt das Einwickelpapier seines Eises zu einem
Kügelchen zusammen, schnippt es in den Sand.
»Mir brauchst du nichts vorzumachen. Ich weiß, wie
das ist, wenn einen solche Idioten anmachen. Wir
hatten da mal welche in unserer Klasse, die haben
ständig auf mir rumgehackt. Horror – sag ich dir.
Wenn Tim und die anderen nicht . . .« Er unterbricht
sich, dreht mir den Kopf zu.
»Du hast Tim ja noch gar nicht angerufen!«
»Muss ich auch nicht. Ich hab mein Handy gar nicht
mitgenommen. Papa zahlt die Gebühren sowieso
nicht mehr, seitdem wir bei euch wohnen.« Wir
müssen beide kurz grinsen. »Ach, Tim kriegt 'ne
Postkarte.«
»Meinst du, er kann lesen?«, witzelt Mike.
»Denk ich doch schon!« Ich lache auch und erkläre
dann ehrlich: »Nein, das ist nichts Ernstes zwischen
Tim und mir. Es ist mehr so Freundschaft und dann
war da an Holgis Geburtstag der Gag mit meiner
Mütze und die Partystimmung, so kam das eben . . .«
Mike nickt. »Brauchst du mir auch nicht erklären.«
»Stimmt. Aber du hast mir ja auch etwas anvertraut.«
Wir schweigen. Mike knibbelt an seinen
Fingernägeln, die Musikanten haben aufgehört, der
Kiosk lässt seinen Rollladen herunter. Ich gähne.

»Du solltest mal ab in die Falle. Morgen geht's auf den Sinker!«
»Hast Recht!« Ich springe vom Gerüst und er tut es mir nach.

Zweitens: ein Schritt in einen Schlafsack:
Als wir ins Zelt kriechen, passiert mir ein Missgeschick: Im Dunkeln stoße ich gegen eine halb volle Wasserflasche, die unglückseligerweise nicht richtig verschlossen war, und – natürlich – die gute natriumarme, stille Quelle ergießt sich sogleich über meinen Schlafsack.
»Oh Mist!« Ich fluche leise.
»Wassereinbruch, Käpt'n?«, fragt Mike, der noch draußen vor dem Eingang hockt.
»Aber total! Hier nimm mal!« Ich reiche ihm meinen nassen Schlafsack nach draußen, versuche den Wasserfleck auf der Luftmatratze mit Handtüchern trockenzureiben.
»Da kannst du so nicht drin schlafen«, stellt Mike fest, als er wieder vor dem Eingang auftaucht. »Ich hab ihn erst mal über die Wäscheleine gehängt. Der ist klatschnass. Du kannst zwar versuchen ihn im Waschhaus mit einem Föhn zu trocknen, aber ...«
»Ach, nein. Dazu hab ich jetzt keine Lust. Dann schlafe ich eben so. Es ist ja nicht sehr kalt.«

»Oder du kommst mit in meinen.«

Gut, dass es dunkel ist! So sieht er nicht, wie rot ich werde!

»Ich ... äh ... weiß nicht.«

»Ich auch nicht.«

»Na ja.«

»Ich bin doch jetzt dein Bruder. Oder glaubst du, ich würde dich anmachen?«

»Nein!«

»Das würd ich auch nie. Ich schlaf immer ganz schnell ein. Und es stört mich nicht.«

»Na dann«, sage ich und mache den Schritt zu ihm in seinen Schlafsack. Näher geht's nicht. Wenn das mein Leben nicht verändert, was sonst?

24. Juli, 9 Uhr 30

Ein Wort, das für mich in diesem Moment das schönste auf der ganzen Welt ist: Regen. Es regnet, gießt, plästert: alles, was ihr wollt, alles, was ich will! Warum mich das so freut, ist doch ganz einfach zu erklären:
Wir können im Bett bleiben!
»Hörst du's?«, fragt Mike, eine Frage, die eigentlich überflüssig ist, denn das Trommeln der Tropfen ist sogar lauter als alle gewöhnlichen Campingplatzgeräusche drum herum.
»Hmmm.«
Wir liegen Rücken an Rücken wie schon die ganze Nacht. Keiner von uns hat gewagt sich dem anderen zuzudrehen, nur unsere Füße, Schultern, Arme haben sich manchmal berührt. Jetzt berühren sie sich wieder: die Zehen, die Schulterblätter, die Rücken. Ich fühle Mikes Wärme, höre seinen Atem, spüre, wenn er mit den Zehen wackelt, meine mit seinen umschließt. Stundenlang könnte ich so liegen. Es passiert gar nichts und es passiert doch alles. Eine Ameise schleppt einen Chipskrümel über den

Zeltboden, der doppelt so groß ist wie sie. Ein
Langbein krabbelt in Zeitlupe die orangefarbene
Zeltwand hinauf. Ein Wasserfleck zeigt etwas weiter
oben eine undichte Stelle an und vergrößert sich bei
längerem Betrachten. Irgendwo draußen übt ein Kind
Blockflöte, unermüdlich und unglaublich langsam
leiert es die Tonleiter hinauf und hinunter: c-d-e-f-g-
a-h-c, c-h-a-g-f-e-d-c.
»Bist du wieder eingeschlafen?«, fragt Mike.
»Nöö. Du?«
»Ein bisschen.«
»Ich krieg langsam Hunger, bin aber zu faul
aufzustehen.«
»Wir können ja unsere Eltern bitten uns das
Frühstück ans Bett zu bringen.«
»Au ja.« Ich gähne.
Mike reckt und dreht sich. Dreht er sich zu mir um?
»Hast du gut geschlafen?«
»Ja.« Ja, er muss sich zu mir umgedreht haben, denn
ich spüre eine Berührung in meinem Haar.
»Ich auch.«
Die Berührung ist immer noch da, könnte sein, er
versucht mir einen Zopf zu flechten, könnte sein, er
spielt nur so gedankenlos herum.
»Als du ankamst, hattest du noch nicht so lange
Haare.«

»Vielleicht sollte ich mal wieder zum Friseur gehen.«
»Nööö.«
Das Rumspielen hört wieder auf, Mike dreht sich auf den Rücken, ich spüre, wie der Schlafsack sich spannt.
»War's dir nicht zu eng heute Nacht?«, frage ich.
»Och nö.«
»Ich meine, weil du mich in der nächsten Nacht auch wieder reinlassen musst. Mein Schlafsack hängt ja noch draußen auf der Leine.«
»Stimmt! Ich Idiot! An Regen hab ich überhaupt nicht gedacht!« Ich höre, wie er sich an die Stirn schlägt, und wage es nun endlich, mich zu ihm umzudrehen. Komisch, so eng beieinander zu sein. So nah die Gesichter. So nah sein Körper. Der raue Stoff des Schlafanzuges, die Wärme der Haut.
»Na?«, sagt er und wird rot vor Verlegenheit.
»Na?«, antworte ich genauso scheu und wage dann ein Lächeln. »Du bist schön warm. Wie ein Ofen. Mit dir kann man gar nicht frieren. Ich sollte dich mit auf eine Arktis-Expedition nehmen, so als Notstromaggregat.«
Mike lacht ein bisschen. Die Röte in seinem Gesicht verfliegt. »In der Arktis bräuchten wir aber eine etwas bessere Ausrüstung. Ich glaube, dieses Zelt macht's nicht mehr lange.«

»Wenn der Regen durchkommt, legen wir eben ein Handtuch drunter – oder bauen uns einen Iglu.«
»Hier wohl eher eine Sandburg. Mit Millionen Muscheln als Isoliermasse ...« Mike zeichnet mit den Fingern ein Iglu-Sand-Zelt in die Luft und ich lege – als sei es mir eine vertraute Geste – meinen Kopf auf seine Brust. »... und Teer als Kitt und den Mast vom Surfbrett als Blitzableiter ...«
»Mmmmh«, murmele ich bestätigend und schließe die Augen.
»M... Meike?«
»Hm?«
»Ich mag dich.«
»Ich dich auch«, flüstere ich und öffne die Augen wieder. Mikes Gesicht ist ganz nah an meinem und einen Moment sieht es so aus, als wolle er noch etwas sagen, da lässt uns ein Geräusch an unserer Zelttür auseinander fahren.
»Hallo, ihr Schlafmützen! Aufstehen! Der Kaffee ist fertig! Die Sonne kommt wieder! Die Brötchen sind da! – Nanu?« Mein Vater stutzt einen Moment bei unserem Anblick.
»Dann ist das doch dein Schlafsack dort auf der Leine, Meike!«
»Ja, Papa, ich, wir ...«
»Ihrer ist nass geworden. Ich musste sie wohl oder

übel aufnehmen«, erklärt Mike cool, schält sich aus der gemeinsamen Decke, und da mein Vater immer noch misstrauisch die Stirn runzelt, fügt er hinzu: »Was sollte ich machen, jetzt ist sie meine Schwester und ich darf sie nicht erfrieren lassen!«
Mein Vater lächelt. »Natürlich nicht«, sagt er. »Danke, das ist nett von dir, Mike.« Er lässt Mike an sich vorbei nach draußen krabbeln, bleibt aber selbst noch im Eingang hocken. »Das freut mich, dass ihr . . . euch jetzt so gut versteht . . . nur, ihr solltet, na ja . . .« Mein Vater verhaspelt sich, senkt den Kopf, schüttelt ihn. »Ach Quatsch, erst mal abwarten«, sagt er wie zu sich selbst und wechselt dann abrupt das Thema: »Das Wetter wird besser, da drüben ist der Himmel schon wieder blau. Komm, steh auf!«
Papa verschwindet und ich lasse mich noch einmal zurück auf die Luftmatratze fallen. Mikes Wärme ist noch da. Sein Duft auch. Und die Kuhle in meinem Schmusekissen, in der sein Kopf gelegen hat. Er ist jetzt mein Bruder, das meint mein Vater. Und als solcher hätte Mike mich beinahe gerade geküsst. Das geht wahrscheinlich nicht. Wir sind jetzt schließlich eine Familie. Und da ist Tim. Und die gemeinsame Wohnung unter dem Dach. Und der Anbau. Und die Nachbarn. Und die Mitschüler. Und

die alte Geschichte von früher und die Angst, etwas Unvorhergesehenes, Außergewöhnliches zu tun.
»Küss mich, Mike«, flüstere ich.

27. Juli, 16 Uhr

Nichts, an dem ich etwas auszusetzen hätte, das schöner sein könnte, das etwas anderes bedeuten könnte als Glück.

Mike und ich haben uns – wie so oft in den letzten vier Tagen – am Strand einen Windschutz gebaut und sitzen, frische Fischbrötchen mümmelnd, mit Blick auf die Wellen auf unseren Handtüchern und sehen den anderen Surfern zu.

»So gut wie der mit dem roten Segel bin ich aber schon lange, was?«, fragt Mike und hält mir sein Brötchen – er hat sich für Makrele entschieden, ich für Matjes – zum Abbeißen hin.

»Besser«, sage ich und beiße kräftig in das Brötchen.

»Du siehst aus!« Mike lacht. »Hier«, er fährt mir mit der Zeigefingerspitze über die Nase, »hast du einen dicken weißen Streifen von der Sonnencreme. Hier«, der Finger streicht über meine Wange, »klebt lauter Sand. Und hier«, jetzt erreicht der Finger meinen linken Mundwinkel, »kleben Brötchenkrümel und 'ne Gräte.«

»Haps!«, mache ich und beiße ihn sanft auf die Fingerkuppe.
»Au!« Er zieht seinen Finger weg, lutscht ihn ab, legt das Brötchen zur Seite. »Schmeckt dir das? Anderer Leute Finger?«
»Sind meine Spezialität.« Ich nicke, lächele, nehme einen Schluck aus der Wasserflasche. »Und deine?«
»Weiß nicht?«
»Schon mal jemand anderen probiert?«
»Neeeeee.«
»Willste mal?«
Wir sehen uns an. »Weiß nicht«, sagt er schüchtern.
»Trauen muss man sich schon mal.«
»Okay.«
Das ist jetzt bestimmt die zweihundertsiebenunddreißigste torgefährliche Situation in den letzten 78 Stunden. Und endlich schnaggelt's!
»Jetzt trau ich mich!« Mike beugt sich vor, legt seine Lippen auf meine, lässt seine Zunge in meinen Mund gleiten. Ich schließe die Augen und schlinge die Arme um seinen Hals.
»Mmmh, darauf hab ich gewartet!«
»Ja?«
»Ja!«
»Dann lass uns gleich noch mal.«

Wir kippen nach hinten in den Sand, über uns nichts als blauer Himmel, manchmal eine Möwe.
»Wenn mir jetzt eine Möwe auf den Kopf kacken würde – ich würd trotzdem glücklich sein!«, sagt Mike und ich küsse ihn noch wilder, kugele mich mit ihm eng umschlungen durch den Sand und bin sehr froh, dass unsere Eltern heute einen Ausflug mit Leihfahrrädern gemacht haben und uns nicht sehen können.

Nichts, was schöner wäre als küssen: sich auf dem Surfbrett küssen, sich unter dem Segel küssen, sich heimlich küssen, wenn Papa und Cordula nicht gucken, sich unter Wasser küssen, sich mit Salzgeschmack küssen, sich mit Mündern voller Schokoladeneis küssen, sich im Sand eingebuddelt küssen, sich in den Dünen küssen, sich auf der Tanzfläche küssen, sich im Waschhaus küssen, sich zusammen unter die Stranddusche stellen und sich dort küssen, sich küssen, sich küssen, sich küssen.

Am nächsten Tag liegen wir nachmittags im Zelt, wie immer gemeinsam in einem Schlafsack. Meinen mittlerweile unnütz gewordenen Schlafsack haben wir zusammengerollt und als großes Kopfkissen genommen. Die Sonne scheint auf das Zeltdach, am

Himmel müssen Wolken ziehen, denn mal leuchtet der ganze Innenraum in warmem Orange, mal wirkt er düster und trübe. Unsere Eltern sind auch heute nicht da. Cordula hat wenig Spaß am Surfen gefunden und wird Papa wohl gedrängt haben mit ihr Rad zu fahren oder einen Stadtbummel zu machen. Mike und ich tragen Bikini beziehungsweise Boxershorts. Unsere Körper sind dicht aneinander geschmiegt, keine Ameise, kein Sandkorn, kein Regentropfen passt mehr dazwischen. Und kein Bikini-Oberteil. Das stört jetzt nur. Also raus damit. Mein Herz macht 'nen Salto mortale, als Mike meinen Busen berührt.
»Oh, Mamma mia«, flüstere ich, »so weit war ich ja nicht mal mit Giancarlo.«
»Und Tim?«
»Ach! Wo denkst du hin!«
»Aber mit deinem Bruder!« Mike grinst, senkt den Kopf auf meine Brust, küsst sie.
»Du bist nicht mein Bruder, nicht biologisch«, flüstere ich, soweit man mein Stammeln überhaupt noch als verbale Äußerung verstehen kann, ich würde es eher, oh, äh, ja, Stöhnen nennen.
»Wenn jetzt wieder mein Vater kommt, dann . . .«
»Was dann? Wir dürfen das. Wir sind nicht verwandt.«

».. . dann gibt's trotzdem Ärger ...«
»Soll mir egal sein, niemand kann uns verbieten einander zu lieben und nichts kann uns daran hindern, nichts.«
»Das stimmt«, flüstere ich und küsse ihn auf die Stirn, während sein Mund bis zu meinem Bauchnabel runterwandert. »Das kitzelt!«
»Ja?«
»Jaaa!«, rufe ich und wir fangen an zu tollen, bis Mike plötzlich zusammenzuckt: »Pssst! Ruhig!«
»Was?«
»Unsere Eltern!«
Wir halten den Atem an.
»Meine Güte, man kann aber auch überall ein Haar in der Suppe finden!«, schimpft mein Vater gerade draußen und knallt etwas auf den Campingtisch.
»Immer deine Meckerei, das ist ja kaum zum Aushalten!«
»Ärger!« Mike verdreht die Augen und wir kuscheln uns beide tiefer in den Schlafsack, lauschen aber gleichzeitg, wie's draußen weitergeht. Cordulas Worte sind kaum zu verstehen, es hört sich ein bisschen so an, als weine sie.
»Ja, das wird wohl das Beste sein!«, ruft mein Vater jetzt wütend und tritt im Vorbeigehen gegen einen unserer Zeltheringe, sodass alles wackelt.

Offensichtlich glaubt er, wir seien noch am Strand.
»Dann geh ich mal die Kinder suchen!«, brummt er noch, danach entfernen sich seine Schritte und es ist still.
»Puh«, flüstere ich, »Glück gehabt. Er hat nicht gemerkt, dass wir hier sind.«
»Aber Mama ist noch da.« Mike legt eine Hand an sein Ohr. »Ich hör was.«
»Sie macht Abendessen. Kocht bestimmt wieder Spaghetti.«
Mike grinst. »Hunger hab ich jetzt auch«, flüstert er und beugt sich wieder zu meinem Busen hinunter.
»Wehe, du beißt!«, wispere ich und ziehe uns die Decke über den Kopf, sodass wir uns nun in einer doppelten Höhle befinden, wir sind geschützt durch das Zelt, den Schlafsack und unsere Liebe und es gibt nichts, das uns etwas anhaben, das uns auseinander reißen könnte.

27. Juli, 19 Uhr

Drei Gründe, weshalb dein Vater und ich beschlossen haben, uns nach dem Urlaub zu trennen:
Erstens: Wir haben beide falsche Vorstellungen von unserem Zusammenleben gehabt.
Zweitens: Wir stecken beide noch zu sehr in alten Beziehungen fest, um uns ganz und gar auf das Neue einzulassen.
Und drittens: Ihr Kinder versteht euch ja auch nicht. Mike wäre lieber wieder allein und du, Meike, sei ehrlich, würdest doch auch lieber heute als morgen zurück nach Hannover fahren.« Cordula nickt mir zu, lässt die Mundwinkel hängen, streicht sich eine Haarsträhne aus dem Gesicht. »So sieht's aus, Meike, es tut mir Leid, dass . . .«
»Es tut euch Leid?!«, brüllt Mike plötzlich und steht auf. »Ihr habt euch das doch lange genug überlegt, ihr wolltet doch anbauen und . . .«
»Kein Wort über den Anbau!«, unterbricht ihn mein Vater und hebt die Hand. »Ende der Diskussionen. Ihr habt's gehört. Es ist schade, das sehe ich auch so, aber es geht nun mal nicht anders.«

Papa tauscht einen Blick mit Cordula, die senkt den Kopf.

»Nein«, murmelt sie.

»Aber ich versteh nicht, warum ihr so schnell aufgebt!«, werfe ich ein. »Mike und ich, wir haben uns doch auch miteinander arrangiert, wir haben sogar . . .«

»Da bin ich auch sehr froh drüber, Meike-Maus, ehrlich. Ihr seid sicher die Klügeren von uns. Aber du wirst dich doch bestimmt auch freuen, wenn wir zurück nach Hannover gehen und du deine alten Freunde wieder siehst.«

»Ich will aber nicht zurück nach Hannover! Ich hab kaum noch Kontakt zu denen! Ich hab jetzt hier meine Freunde!«

Tränen steigen mir mit Wucht in die Augen: Das darf doch nicht wahr sein! Gerade war alles noch schön, wir saßen zu viert bei Spaghetti und Rotwein zusammen, Papa kochte noch einen Espresso und dann so was!

»Meike!« Mein Vater legt mir einen Arm um die Schultern. »Ich weiß, es ist nicht leicht für dich, erneut umzuziehen, aber Cordula und ich sind nun mal zu dem Entschluss gekommen, dass es das Beste für uns alle ist, wenn wir gehen.«

»Und wer fragt uns?«, beschwert sich Mike. »Wer

fragt uns, was für uns das Beste ist? Mama! Ich wollte niemanden da oben haben und du wusstest das genau. Die ganze Zeit hast du immer gesagt: »Nein, die ziehen nicht zu uns. Wenn, dann baut Hermann uns ein neues, großes Haus und du bekommst wieder dein eigenes Reich.« Dann auf einmal heißt es: »Sie ziehen doch zu uns, mach das zweite Zimmer leer.« Und jetzt, da ich sie lieben gelernt habe, willst du sie mir wieder wegnehmen?!«
Mikes Gesicht ist knallrot, er ist vom Campinghocker aufgesprungen, hat eine Espresso-Tasse vom Tisch gefegt und wohl noch nie so viele Worte auf einmal gesagt. Cordula weiß sich nicht zu helfen. Sie sieht ihren Sohn an und fängt an zu weinen.
»Rauft euch wieder zusammen!«, schlage ich ihnen vor. »Wir zwingen euch sowieso dazu. Mike und ich sind jetzt Bruder und Schwester und . . .«
»Quatsch!«, brüllt mein Vater und steht ebenfalls auf. »Ihr seid unsere Kinder und ihr macht, was wir wollen!«
»Steinzeitmentalität!«, schimpft Mike. »Und du hast dich immer so modern und liberal und kumpelhaft gegeben! Du bist ja vielleicht verlogen! Wir sind doch nicht eure Anhängsel, eure Möbelstücke, die ihr beliebig mal in die eine, mal in die andere Wohnung

mitbringen könnt! Mama! Sag doch auch mal was!
Sonst tust du doch immer so pädagogisch!«
»Hermann meint das nicht so. Wir wollen euch doch
nichts. Ihr seid doch unsere Liebsten, Besten ...«,
sie sucht vergeblich nach weiteren Superlativen,
wischt sich schluchzend eine Träne von der Wange
und fordert schließlich: »... aber ihr müsst doch
auch verstehen, dass wir gerade in einer sehr
schwierigen Situation sind!«
»Und wir nicht?«, frage ich.
Einen Moment ist es still. Papa hat den Blick gesenkt
und blickt auf die Erde. Cordula fummelt an ihrem
Papiertaschentuch herum. Mike hat die Hände in die
Hüften gestemmt und starrt grimmig vor sich hin.
Drum herum auf dem Campingplatz laufen all die
üblichen Urlaubsgeräusche weiter: Säuglinge
schreien, Mütter schimpfen, Hunde bellen, Geschirr
klappert, Handys klingeln usw. – aber sie scheinen
mir jetzt wie durch Watte gedämpft und weit fort.
»Könnt ihr es euch denn nicht noch mal überlegen,
bitte?«, sage ich und sehe meinen Vater flehend an.
Er wirkt traurig. Ich kenne ihn gut genug, um zu
wissen, dass es ihm Leid tut, was er zu Mike gesagt
hat. Natürlich würde er auch lieber bleiben. Und
wenn er mir damit einen Gefallen tun könnte,
wahrscheinlich erst recht.

»Cordula!«, flüstere ich. »Schlaft doch noch mal drüber! Und morgen ist ja auch noch ein Urlaubstag! Unternehmt doch was Schönes! Vielleicht . . .«
»Meike!«, bremst mich mein Vater ungehalten, aber da ich so weine, ist es ihm wieder peinlich. Er will auf mich zukommen, um mich zu trösten, aber Cordula ist schneller, sie springt auf und schließt mich in die Arme. Mein Papa steht daneben, verdattert, unsicher, ob er uns jetzt beide umarmen soll oder lieber nicht.
»Du darfst nicht denken, dass ich dich nicht gern hätte, Meike!«, sagt Cordula. »Ich würde mich schon freuen, wenn du bei mir bliebest. Trotz deiner vielen Katzen und . . . trotz des ganzen Ärgers, ich hätte gern so eine Tochter wie dich, glaub mir.«
»Dann lasst uns doch zusammenbleiben!«, beharre ich voller Hoffnung und werfe meinem Vater einen ermutigenden Blick zu, dass er uns endlich umarmen soll.
»Ja!«, sagt Mike und legt einen Arm um meinen Vater, einen um seine Mutter. »Meike hat Recht. Ihr müsst euch nur etwas mehr Zeit geben. So eine Familie, die will doch auch zusammenwachsen!«
»Ach, ihr seid so goldig«, Papa tut es, ja, er tut es endlich, umarmt Mike, mich, Cordula, doch nur für einen winzigen Augenblick, denn dann lässt er uns los und sagt resigniert:

»Deshalb tut's mir ja umso mehr Leid, dass wir euch beide so enttäuschen müssen.«
»Ja«, sagt Cordula und und nimmt ihren Arm von meiner Schulter, »aber du kannst doch immer mal von Hannover kommen und uns besuchen ... wenn ihr denn nach Hannover zieht, Hermann und du.«
»Das heißt, es ist entschieden?«, fragt Mike und tritt einen Schritt zurück. Seine Mutter und mein Vater nicken.
»Unsere Trennung steht fest«, sagen beide – Ironie des Schicksals – so synchron wie aus einem Mund.
»Und damit auch Meikes und meine Trennung?«, folgert mein Bruder, der das nie war und nicht ist.
»Ja«, sagt mein Vater.
»Ja«, sagt seine Mutter.

28. Juli, 10 Uhr

Keine Gründe, keine Aufzählungen mehr: Ich höre mit dem Tagebuchschreiben auf.
Ein Tagebuch zu schreiben, das jeder liest, macht sowieso wenig Sinn. Bisher fand ich es ja ganz nett, euch von meinen Erlebnissen mit Mike und meiner Familie zu erzählen, jetzt habe ich keine Lust mehr. Nein, ich denke, es geht niemanden etwas an, wie es mit mir und Mike weitergeht. Ihr müsst euch ja auch mal vorstellen, dass für uns jetzt wieder ein ganz neuer Lebensabschnitt beginnt. Davor haben wir, ehrlich gesagt, beide ganz schön Bammel. Heute Nacht, als wir in aller Stille und Heimlichkeit unser Zelt abgebaut und in Papas alten Treckingrucksack gepackt haben, kam es mir noch wie ein spannendes Abenteuer vor. Nun aber sehe ich's ein: Es war eine ziemliche Schnapsidee, einfach abzuhauen, um unsere Eltern zu zwingen sich wieder zu vertragen und zusammenzubleiben. Theoretisch ist unser Plan ja nicht schlecht: Wir haben genug Proviant für mehrere Tage mitgenommen, dazu den Kocher, Schlafsack, Zelt, alles, was man so braucht. Wir sind

am Meer und es wimmelt von Touristen, da fallen zwei ausgerissene Jugendliche nicht so wahnsinnig schnell auf. Außerdem haben wir alles Geld, das wir in Papas und Cordulas Portmonees finden konnten, und den Autoschlüssel an uns genommen und ihnen einen Abschiedsbrief hinterlassen, in dem wir unsere Forderungen klar formulieren: Wir wollen Mitbestimmungsrecht! Zusammenbleiben! Mindestens in der gleichen Stadt wohnen! Ein paar Straßen von Mike entfernt zu leben würde ich akzeptieren, aber zurück nach Hannover zu ziehen oder gar in irgendeine andere Stadt, die ich überhaupt nicht kenne: Nein!

»Wir kommen nicht eher nach Hause, bis ihr uns hoch und heilig versprecht, nicht mehr so egoistisch zu sein und auch an uns zu denken!« Das hat Mike in Druckbuchstaben an den Schluss des Briefes geschrieben. Und ich habe folgendermaßen unterzeichnet: ein großes Herzchen und darin nur unsere Initialien: M + M.

Das wird seine Mutter und meinen Vater hoffentlich schön ins Rotieren bringen!

»Wollen wir weiter?«, fragt Mike, wirft einen Blick auf die Uhr und schlüpft mit seinen nackten Füßen zurück in die Sandalen.

»Gleich. Gib mir noch eine Minute.«

»Klar. Wenn du mich gleich auch noch was schreiben lässt.«

»Hmm. Sofort.«

Also der Stand der Dinge ist dieser: Wir haben gerade in einer billigen Strandbar gefrühstückt und auf der Landkarte nachgeschaut, in welche Richtung wir gehen werden. Heute Abend wollen wir das erste Mal kurz meinen Vater und seine Mutter anrufen. Wir glauben nicht, dass sie dann schon weich sind. Aber wir hoffen beide, dass wir es schaffen werden, seine Mutter und meinen Vater in den nächsten Tagen, also noch vor unserer Volljährigkeit und vor deren totaler Vergreisung und Verkalkung, zu verantwortungsbewussten und fairen Eltern zu erziehen.

Wenn das nicht klappt . . . war's das mit meinem schönen Happyend.

»Hey, Meike, nicht weinen! So schwarz, wie du alles siehst, sehe ich es nicht. Es gibt immer noch die Möglichkeit, dass die beiden nur ihre erste richtige Krise hatten und sich wieder vertragen. Sie haben ja wenigstens nicht mehr drauf bestanden, noch gestern Abend nach Hause zu fahren, sondern uns allen noch einen Urlaubstag erlaubt. Das hätten sie ja vielleicht nicht getan, wenn sie sich gar nicht mehr hätten ertragen können, oder?«

»Jaaa«, schniefe ich. »Aber du und ich, wir haben doch mit Scheidungen schon Erfahrung, wir wissen es doch beide besser. Wenn einmal der Wurm drin ist...«

»Trotzdem. Und was uns betrifft: Wir werden uns nicht vergessen. Die erste Liebe vergisst man nämlich nie.« Er küsst mich, schreit aber plötzlich auf: »Vor allem vergisst man nicht, wenn einem wirklich beim Küssen eine Möwe in den Nacken scheißt! Iiiigitt!« Er schwenkt drohend den Arm Richtung Himmel, fasst sich in den Nacken, hält mir seine mit weißem, glibbrigem Möwenkot beschmierten Finger unter die Nase. »Baah, ich muss mich erst mal waschen!«

Mike läuft weg und ich blicke auf meine letzte Seite, weiß nicht mehr, was ich euch noch sagen oder in mein Tagebuch schreiben soll, kaue auf meinem Füller herum.

»Moment mal. Du darfst noch nicht Schluss machen! Ich wollte doch noch was schreiben!«

»Ach ja. Hier bitte.«

»Okay, dann schreibe ich hierhin, ganz groß, als letzten Satz den besten Satz:

MIKE MAG MEIKE!

Gut, wa?«

Christian Tielmann

Millionär für Minuten

Eine rasant erzählte Geschichte voll überraschender Wendungen – Krimi und Liebesgeschichte zugleich

Kilian findet in seiner Schultasche 1 Million Euro. Innerhalb kürzester Zeit sind ihm finstere Verbrecher und die örtliche Polizei auf den Fersen, während seine Mutter als Hauptverdächtige der Polizei in Untersuchungshaft sitzt. Kilian ist sich sicher:
Da will jemand seiner Mutter und ihm etwas anhängen. Und dann gibt es da auch noch Linda ...

88 Seiten. Arena Taschenbuch – Band 2651. Ab 12.

Arena